내 마음에 새끼 고양이

내 마음에 새끼 고양이

소피 드 빌누아지 지음 _ 백선희 옮김

르네상스

일/러/두/기

1. 청소년의 입말을 반영한 신조어, 은어, 속어 등이 포함되어 있으며, 해당 부분은 원문의 의도를 살리되 우리말 상황에 맞추어 의역하였음을 밝힙니다.
2. 주석은 모두 옮긴이가 썼습니다.

인기가 많아서 고민인 패셔니스타 신느의 블로그!

사랑하는 여러분,

이번에도 저에게 무한 애정을 보내주시겠군요. '초대박 깜짝 이벤트'를 준비하고 있어요. 의견 주세요! 빅토리아(처음 방문한 분을 위해 밝히자면, 빅토리아 베컴 맞아요)도 부러워서 얼굴이 하얗게 질릴 패션 콩쿠르 얘기랍니다! 어마무시하게 유명한 브랜드가 몇 주 전부터, 아니 몇 달 전부터였던가, 제게 알랑거리더라고 말했죠? 결국 제가 넘어가고 말았지 뭐예요. 이렇게 마음이 약해서 저는 폭망하고 말 거예요! ㅋㅋ

사실 그 사람들이 근사한 제안을 하긴 했죠. 무려 퍼스트 클래스로 뉴욕으로 날아가서 매디슨 애비뉴에 있는 뉴욕 팰리스 호텔의 예쁜 스위트룸에 묵는 일정이라는데 어쩌겠어요. 빙고! 다음 주말 제 목적지가 바로 거기랍니다! 그 사람들이 멋진 제안을 했다고 그랬잖아요.

저는 뉴욕을 너무너무 좋아해서 뉴욕 패션위크라면 세상 무엇과도 바꾸지 않을 거예요! 지금은 더 이상 얘기할 수가 없어요. 업무상 비밀을 지켜야 하거든요. 그렇지만 어쨌든 아주 유명한 브랜드의 다음 패션쇼 때 제가 안 보이진 않을 거라는 사실! 쉿... 벌써 너무 많은 말을 하고 말았네요. 제 행복을 무엇보다 여러분과 함께 나누는 게 좋아서, 곧 이벤트를 열어 여러분에게 '대박' 선물 몇 가지를 드릴까 해요! 이런 걸 '개이득'이라고 하죠! 기대되죠? 좋아요. 다른 소식도 있지만 저는 이만 여행 가방을 싸야 해요. 꾸려야 할 짐이 산더미랍니다. 바이 바이! 제가 이 행성 어디에 있건 여러분들을 생각한다는 걸, 잊지 마세요!

사랑과 평화와 패션을 위해
세상 하나뿐인 신느로부터 ♥

그 유명한 콩쿠르가 뭔지 내게 묻지는 말길. 가짜 '대박' 선물이 어떤 건지도. 나도 모르니까! 내가 어찌 알겠나? 방금 지어낸 건데! 뉴욕 원정도 그렇고... 이제 머리를 굴려봐야지. 아니면 지난번처럼 향수 얘기를 써먹든가. 좀 있다가 이야기를 지어내봐야지. 선물을 택배로 보냈는데 분실됐다고 난리를 피우는 방법도 있고. 나한텐 늘 비장의 좋은 핑계가 있지. 나는 뻥의 여왕이니까. 학교에 이 과목이 없다는 게 안타까울 뿐. 만약 있었다면 분명 1등급일 텐데! 교장 쌤한테 칭찬도 받고. "레아는 거짓말에 탁월한 재능이 있는 명석한 학생이에요. 상상력에 한계가 없어요. 늘 우리를 놀라게 하지요. 레아, 그런 식으로 계속 우리를 갖고 놀아줘. 우리 모두는 네가 자랑스럽단다!"

아, 아, 아. 이런 걸 읽으면 부모님이 어떤 표정을 지을지 상상이 간다. 슬프게도 사람들은 역사지리 과목이나 맞춤법에 더 가치를 둔다. 내 인생인데 왜 그러는지 모르겠다.

다음 주말은 어떻게 흘러갈지 진짜 모르겠다. 그러나 한 가지는 알겠다. 토요일에 엄마는 다른 날처럼 세탁소에 계실 테고, 아빠는 생선 가게에 계실 거다.(생선 비린내만 생각하면 속이 울렁거린다.) 그러니 리브는 또 누가 돌봐야 할까? 나님이시다! 이렇게 공평하지 않은 부모님을 난 절대 용서 못 할 거다! 셋만 있을 때가 좋았는데! 내가 아기였을 때 사진을 보면 진짜 행복한 공익광고 같다! 나 몰래 어린 동생을 만들 필요가 있었나? 동생이 뭐가 필요하다고! 나중에 혹시 심리 상담사를 만나게 된다면 얘기할 거리가 하나 더 생겼네.

한마디로, 일요일엔 아무 일도 없을 거다. 아장*에서는 무슨 일이고 일어난 적이 없으니까. 이 도시는 완전 죽은 도시다! 해마다 열리는 자두 축제 말고는 아무것도 없다. 유행하고는 아예 담을 쌓았다! 나는 조, 루이종과 어울려 몇 시간씩이나 스케이트보드를 탈 마음도, 인내심도 없다. 싫다. 내겐 나만의 우울 할당량이 있다고!

그야말로 슈퍼 위크엔드가 될 것이다. 다른 삶, 다른 세상에서 나는 패션위크에 참석하기 위해 뉴욕행 비행기를 탈 예정이다... 이게 사실이라면 얼마나 좋을까! 위로 삼아 내 팬들이 남긴 댓글이나 읽어야지. 내 사기를 올려주는 건 팬들뿐이다. 나를 슬프게 하는 건 이

---

*Agen. 프랑스 남서부에 위치한 인구 3만여 명의 소도시이다.

블로그에 대해 누구에게도 말할 수 없다는 점이다. 최고 절친인 조와 루이종에게조차도. 요즘 우리 사이는 예전 같지 않다. 솔직히 말해 산악자전거나 스케이트보드에 빠진 걔들의 새로운 열정을 나는 이해 못 하겠다. 걔들이 찢어진 청바지에 먼지투성이 반스 운동화를 신고 다니는 걸 볼 때면 한때 우리가 붙어 다녔다는 사실조차 떠올리기 힘들다! 그런 운동을 하려면 그런 차림이 실용적이고 '편할' 거라고 생각하고 싶지만(언제부터 옷이 '편해야' 입는 거지?) 엄청 흉하다! 걔들에게 얘기해봤지만 콧방귀도 안 뀐다. 심지어 그런 모습을 엄청 쿨하다고 여긴다! 우리 셋이 똑같은 옷을 입고 다녔던 시절이 까마득하다! 우리에게 제일 잘 어울릴 옷차림을 결정하느라 저녁이면 몇 시간씩 전화통을 붙들고 지냈는데! 그래서 우리 별명이 세쌍둥이였다... 헐, 이젠 내가 할머니처럼 얘기하네. 왕년에 좋았지, 하듯이... ㅋㅋ 아직 열여섯 살도 안 됐는데 맛이 갔어! 하긴 삼총사 시절이 그립긴 해. 이젠 이총사로 바뀐 게 확실히 보여... 나 빼고...

　예전에 우리 셋은 떼놓을 수 없는 사이였는데 이젠 내가 방해가 되는 느낌이 든다. 잉여가 된 것 같고, 왕따가 된 느낌이다. 내가 달라서일까? 그건 확실하다. 약간 외롭기도 하다. 이따금 내가 빅토리아 베컴의 숨겨둔 딸이라고 공상한다. 빅토리아가 비밀스러운 이유로 갓 태어난 나를 버릴 수밖에 없었고, 나의 부모님 로르와 에릭이 비밀리에 나를 입양한 거라고 말이다. 내 동생 리브 머리는 갈색인데, 나는 금발인 걸 보면 내가 이런 생각을 하는 것도 완전히 터무니없는 건 아니다! 이렇게 생각하면 많은 게 설명된다. 특히 딱 봐도 알 수 있는, 동생과 나의 차이점이 설명된다. 우리는 공통점이라곤 멋진 파란 눈뿐이다. 맞다, 우리 둘 다 꽤 괜찮게 생긴 건 사실이다. 특히 내가! ㅋㅋ! 리브도 짜증 나게 굴지만 않으면 아주 예쁠 텐데. 맨날 내 일에 코를 들이민다! 2년 반쯤 지나면 '부모님'은 상상하기 어려운 비밀을 내게 털어놓지 않을 수 없게 될 거다. "레아, 사실 너는 빅토리아 베컴의 숨겨진 딸이야. 빅토리아는 네가 자기 집으로 와서 살기를 바란대." 아, 행복해라! 물론 불쌍한 부모님을 생각하면 조금 슬프긴 하다... 하지만 빅토리아와 함께 '엄마와 딸'로서 쇼핑할 생각을 하면 미칠 듯이 행복해진다!! 나는 베컴 가족 전부와 패션쇼에 참석할 것이다. 빅토리아, 나의 배다른 남동생들과 배다른 여동생, 나의 대부 칼 라거펠트와 나란히 맨 앞자리에 앉아 패션쇼를 관람할 것이다... 행복...

"레아, 밥 먹자!"

"배 안 고파요! 오늘 뭐 먹어요?"

"아빠가 생선 가져오셨어. 대구! 너 좋아하잖니!"

생선? 참 독창적이기도 해라! 칫... 그야말로 현실 자각 타임이군. 시골 청소년의 인생을 살아야 해! 이게 악몽이 아니고 뭐겠어! 아빠 '덕'에 우리는 아침, 점심, 저녁으로 생선을 먹는다. 그나마 아침으로 새우잼을 바른 빵을 핫초코에 찍어 먹지 않는 게 다행이지! 우웩!

"배 안 고파요!"

"엄마가 밥 먹자고 하잖아!"

나의 형벌 집행자로 정식 임명된 리브가 노크도 하지 않고 들이닥쳤다. 이번에도 내게 덤빌 기회가 생겨 신이 난 모양이다.

"노크 좀 할 수 없냐, 이 땅꼬마야!"

"**내** 방이기도 하거든! 엄마가 벌써 두 번이나 불렀잖아. 언니한테 당장 오라고 말하래!"

"알았어, 알았다고. 간다고!"

"**당장!**"

"알았어, 간다고! 뭐 한 가지만 끝내고 간다니까!

리브는 아홉 살밖에 안 됐는데 학생주임 바롱 쌤만큼이나 지긋지긋하다!(쌤한테 용이라는 별명이 붙은 데는 다 이유가 있다.) 나는 얼른 컴퓨터를 껐다. 댓글은 나중에 봐야겠다. 이 꼬마가 내 블로그에 코를 들이미는 건 절대 못 하게 해야 해! 아, 얘가 글을 읽을 줄 몰랐던 때가 좋았다. 무슨 말이라도 믿게 할 수 있었는데! 히히! 이 꼬마가 학교를 다니니 이젠 틀렸어!

2

　결국, 식탁으로 가서 밥을 먹길 잘했다. 맛도 있었고, 이상하게 내 신경 세포들은 위장이 꽉 차야 더 잘 돌아간다. 위장 얘기를 하니까 생각이 난다. 오늘 저녁이면 내가 고기를 끊은 지 4주째가 된다! 고기 없이 한 달을 지냈다!(아빠가 고기가 아니라 생선을 파는 가게를 해서 얼마나 다행인지. 안 그랬으면 집에 있는 게 지옥 같을 뻔했다!) 그렇지만 누텔라는 아직도 재앙이다. 나는 누텔라를 미친 듯이 좋아한다! 진짜 중독됐나 봐!

　팜유 든 초콜릿잼 중독 치료는 언제까지 해야 할까?

　레아, 넌 더 할 수 있어! 귀여운 오랑우탄 새끼들 사진을 보라고! 커다란 눈망울에 할 말이 그득해 보이는 그 아이들은 너무도 귀엽잖아! 인도네시아 산림 파괴 때문에 그 아이들이 어려운 처지에 놓였다는 걸 알고 나서 나는 죽도록 자책했고, 누텔라 통에 숟가락을 집어넣은 걸 후회했다. 그 아이들을 위해 나는 잘 버텨야 한다!

좋은 소식은 내 블로그에서 댓글 마흔두 개가 얌전히 나를 기다린다는 것. 마흔둘이면 신기록인 것 같다! 솔직히, 심장이 뜨거워진다. 사실 이벤트 효과다. 그런데 저들을 **어떻게** 잘 속여 넘길까? 이건 엄청난 도전이다! 유명 브랜드 화장품 파우치나 디자이너 티셔츠, 향수, 보석 같은 걸 경품으로 내세워 저들을 꼬셔놓고는 끝판에 아기처럼 잠재우기! 그러자면 정말 엄청난 기술과 외교술을 발휘해야 한다. 곡예사의 재주가 필요하다! 난 결점이 많지만 한 가지 장점만큼은 모두가 인정할 수밖에 없을 거다. 상상력!

저 많은 댓글들에 오늘 저녁엔 답하지 못하겠다. 도대체 끝이 어떻게 날지 감도 잡히지 않는 640쪽짜리 『적과 흑』을 읽어야 한다. 국어 쌤은 가학 취미가 있나 보다! 쥘리앙 소렐(그가 매력 쩌는 인물처럼 보이긴 해도)의 연애 이야기를 읽는 것 말고도 내게 다른 할 일이 있다는 걸 모르니 말이다. 내 블로그는 한 달 방문자가 만 명이 넘고, 페이지뷰는 만 오천이 넘는다! 이 블로그야말로 나님이 이룬 가장 혁혁한 성공인데, 아무에게도 이 말을 할 수가 없다… 정말 가슴 답답한 일이다! 멋진 의상을 차려입고 무대에 올랐는데, 객석에 관객이 한 명도 없는 꼴이다.

나를 위로할 겸, 제대로 차려입은 내 사진(참, 신느 사진)이나 한 장 블로그에 올려야겠다! 제대로 차려입는 게 어떤 거냐면, 클로디느 칼라가 달린 크림색 실크 블라우스에 블랙 미니스커트를 입고, 록 스타일의 살짝 짧은 부츠를 신고 샤넬 손가방을 드는 거지. 내가 이 예쁜 러시아 여자 블로거를 아바타로 선택한 건 나의 영적 분신을 제대로 찾았기 때문이다. 신느는 정확히, 내가 되고 싶은 인물이다.

예쁘지만 선정적이지 않고, 날씬하지만 성냥개비처럼 마르지 않고, 나처럼 파란 눈에 금발이고(나보다 훨씬 밝은 금발이지만), 무엇보다 내가 꿈꾸는 의상을 잔뜩 가졌다! 아주 단순하다. 나는 그녀의 옷장 속에 있는 모든 게 좋다! 혹시라도 그녀가 내 블로그에 관심을 가지게 될까 봐 무서워서 그녀에게 이런 걸 고백할 용기가 나지 않는다. 게다가 나는 영어 실력도 짧고, 러시아어는 한 마디도 못한다. 차라리 잘됐다. 위험이 적어지니까!

안녕, 친구들.
뉴욕행 비행기를 탈 때 입을 옷을 골랐어요! 소박하지만 우아하고, 얌전하지만 지나치게 얌전하진 않은, 퍼스트 클래스에 꼭 맞는 무결점 패션이죠.
비행하는 일곱 시간 동안 제 예쁜 머리를 채우기 위해 스탕달의 『적과 흑』을 냅다 읽을 작정이에요.
점점 더 늘어나는 댓글에 감사해요! 쇼핑 스케줄을 끝내는 대로 답글 달게요.

사랑을 담아 ♥ 신느

"엄마가 끄랬잖아! 불빛 때문에 못 자겠어!"
"알았어. 끈다고!"
"잘 자, 레아 언니!"
"그래, 잘 자."
내일은 체육 수업이 있다. 그러니 두 시간 동안이나 헐렁한 체육

복을 입어야 한다는 사실을 잊기 위해서라도 얼른 눈 감고 자자. 그런 내 모습을 신느가 보면 어쩔!

3

헐, 내가 원반던지기로 엘리오트를 때려눕혔나 봐! 어떻게 된 건지 모르겠네. 쌤이 시키는 대로 원반을 한쪽으로 날렸는데 엉뚱한 데로 날아가지 뭐야! 웃음이 사람을 죽이는 법은 없으니 다행이야. 가엾은 엘리오트! 얼마나 귀여운 앤데, 코를 깼더라면 진짜 큰일 날 뻔했어. 그 순간에 나는 조, 루이종과 함께 너무 웃느라 하마터면 오줌을 쌀 뻔했다! 죽도록 부끄러웠는데 웃음이 나왔다. 아무튼 다시 셋이서 웃으니 정말 좋았다. 미칠 듯이 행복했다!(오줌 쌀 뻔해서가 아니라 함께 웃어서!) 나는 너무 당황한 채 엘리오트에게 사과하느라 얼떨결에 뺨에 뽀뽀까지 하고는 얼굴이 토마토처럼 새빨개졌는데, 제발 애들 눈에 띄지 않았기만 바랄 뿐이다!

체육 쌤인 자크 쌤은 나더러 운동엔 완전히 젬병이라며, 이 과목으로 내 평균 성적을 올릴 생각은 하지 않는 게 좋을 거라고 했다. 무슨 특종기사라도 발표하듯이 말하다니! 재봉과 디자인과 운동 중에서 과목을 선택할 수만 있다면 얼마나 좋을까! 아 진짜 왜 패션 수업은 없지? 어쨌든 패션도 예술의 한 형태인데. 패션 수업이라면 내 성적은 탑일 텐데! 솔직히 말해 요즘 더 쓸모 있는 게 뭘까? 스타일을 갖추는 것과 원반던지기를 잘하는 것 중에서. 학교에서는 바보같은 것만 가르친다는 생각이 종종 든다. 그러지 않는다면 적어도 수업 시간이 재미는 있을 텐데! 조, 루이종과 공감대를 되찾으면서 나는 개들의 빈자리가 얼마나 큰지 깨달았다.

아무튼, 어쩌면 이번엔 내가 반에서 제대로 실력을 보여줄 좋은 기회가 될 것 같다. 평균 성적도 올리게 될지 모르고. 국어 쌤인 네(나라면 이런 희한한 이름에 절대 적응하지 못할 텐데)* 쌤이 인물을 한 사람씩 골라 발표를 하라고 숙제를 냈다. 내가 누굴 골랐는지 알아맞혀 보시라. 앙겔라 메르켈? 무슨 그런 농담을! 패션 블로거 신느다! 적어도 이런 선택을 할 사람이 나 하나뿐이라는 건 확실하다.(두세 명 정도는 잔머리를 굴려서 스탕달에 관한 발표를 하려고 달려들 게 뻔하고.) 게다가 이 주제라면 내가 환히 꿰고 있다고 할 수 있지! ㅋㅋ! 나는 이 블로거라면 속속들이 잘 안다. 그럴 수밖에.

남다르고 세련된 그녀의 패션 스타일, 그녀의 여행, 그녀가 알고 지내는 유명한 친구들 이야기로 모두가 입을 쩍 벌리게 만들고 말겠어. 반 친구들에게 신느 얘기를 하면서 마치 다른 사람 얘기하듯 말하면 기분이 아주 이상할 것 같다. 실제로 다른 사람이긴 하지만, 그래도 나긴 나다. 사실 두세 가지 사소한 부분이 같을 뿐이지만……

---

*네(Nez)는 프랑스어로 코를 뜻한다.

반 친구들 앞에서 내 일기를 큰 소리로 읽는 느낌이 들 것 같다. 이 블로그는 내가 좋아하는 모든 것이고, 참으로 허황된 꿈속에서 내가 갖고 싶은 전부다. 어쨌든 친구들을 깜짝 놀라게 할 거라는 건 확신한다. 누가 안 놀라겠나? 완벽한 신느에게!

♥4

오늘 아침 잠에서 깰 때 묵직한 뭔가가 뱃속을 짓누르는 것 같았다. 아무것도 먹을 수가 없었다. 리브가 잼 바른 빵을 게걸스럽게 먹는 걸 보니 구역질이 났다. 걔는 도무지 사방에 흘리지 않고는 먹을 줄 모르니 정말 더러워! 내 머릿속에는 한 가지 생각뿐이었다. 발표. 그토록 기다려 온 시간이 막상 닥치자 불안이 몰려온다. 손이 떨리는 걸 주체할 수가 없다. 심장이 세게 고동치고, 숨이 가빠 오고, 목이 마른다. 예상했어야 하는 건데. 무대 공포다! 극심한 압박이 느껴진다! 신느라는 주제만큼이나 발표가 완벽하게 되면 좋겠다. 나는 스트레스를 가라앉히기 위해 쌤들이 하듯이 나를 쳐다보는 그 모든 얼굴들 너머 벽의 한 지점을 응시했다. 심호흡을 해, 레아, 모든 게 잘될 거야. 무엇보다 미소를 잃지 말고!

"저는 제가 아주 좋아하는 인물을 발표 주제로 정했습니다. 제게는 이상형이기도 합니다. 이 인물은 웹에서 알려진 인물인데, 이름은 신느, 나이는 스물두 살이고, 아주 사랑받는 패션 블로거입니다. 트위터 계정에는 팔로워가 만 이천 명이나 있고, 인스타그램에도 팔로워가 그만큼 있어요."

시작하자마자 네 쌤이 내 말을 끊었다.

"미안하지만 레아, 네 블로거 이름 가지고 말장난할 생각은 없지만 나한테는 이게 다 '중국 말'* 같기만 하구나. 패션 블로거는 대충 알겠는데, 트위터와 인스타그램에 대해서는 좀 더 설명해주겠니?"

폭소가 터진다. 절대 당황하지 말아야 한다. 나는 발표 대본을 든 채 덜덜 떠는 내 손을 슬쩍 감췄다. 갑자기 확 더워진다. 제발 겨드랑이에 땀자국은 나지 않아야 할 텐데. 그보다 최악은 없을 거다. 혹시 몰라서 나는 두 팔을 몸에 꼭 붙였다.

"트위터는 모든 사람에게 열린 즉각적인 메신저 같은 건데, 메시지를 쓸 때 글자 수에 제한이 있어요. 140자를 넘기지 말아야 합니다."

"글자 수라뇨?"

마르탱이 물었다.

전부 내게 물어볼 참이야 뭐야? 글자 수도 모른단 말이야! 나는 크게 숨을 내쉬었다.

"그건 문자와 띄어 쓴 공백을 합한 수입니다."

"바보 같네요! 왜 120자나 180자는 안 되는 거죠?"

조가 물었다.

---

*신느(Chine)는 프랑스어로 중국을 뜻한다.

헐, 쟤가 이런 공격을 할 줄이야.

"그건 몰라요. 그렇게 정해졌을 뿐이에요. 그렇지만 그래서 재밌을 수 있죠. 할 말을 깊이 생각하고 어떻게 말할지를 고심하게 되니까요. 표현 형식을 말이죠."

"레아, 잘 알겠어. 그러면... '인스타그램'은 뭐야? 제대로 발음한 건지 모르겠네..."

네 쌤은 그래도 용기를 북돋아주니, 적어도 반에 내 편이 한 명은 있는 거네.

"그건 앱 종류인데요. 휴대폰에 앱을 깔고, 그 앱을 이용해서 어느 정도 예술성 있는 사진들을 온라인에 올리는 겁니다. 그 사진들을 다른 사람들과 공유해서, 최대한 많은 사람들이 보게 하려는 거죠. 저스틴 비버나 비욘세 같은 스타들은 인스타그램과 트위터에 수백만 명의 팬이 있어요. 그들에게는 이것도 팬들과 더 가까워지는 방식이죠."

"내 눈엔 청승맞아 보이네요!"

이번에는 루이종이 스커드 미사일을 날렸다. 쟤들이 서로 짰나?

"각자 하고 싶은 대로 하는 거죠! 꼭 가입할 필요도 없고, 누군가의 계정을 쫓아다닐 필요도 없어요. 누구나 자유로우니까요. 신느 얘기로 돌아가자면, 이 블로거는 여행, 쇼핑, 패션 액세서리, 자기가 브이아이피로 참석하는 패션쇼, 새로운 발견 등에 관한 사진을 블로그에 올립니다. 패션에 관심 있는 저 같은 학생에게는 아주 흥미로운 내용이죠! 누군가의 삶 속에 들어가 그 사람이 겪는 최고의 순간들을 함께하며 대리만족할 수 있으니까요."

내 목소리가 너무 높게 나왔고, 내 태도가 방어적인 게 느껴졌다. 레아, 심호흡을 해, 긴장을 풀고 미소를 지어!

"그런데 그 여자는 할 일이 그것밖에 없어요? 자기 사진 찍기? 매니큐어를 새로 바른 내가 얼마나 예쁜지 좀 보세요!"

루이종이 끼어들어 아양 떠는 목소리를 흉내 내며 말했다.

모두가 킥킥댔다. 네 쌤까지도 살짝 미소를 지었다. 이제는 발표 시간이 아니라 살육 시간이 되었다. 나는 목이 아팠지만 울고 싶은 마음을 꿀꺽 삼켰다. 눈이 따끔거려 왔는데 눈물에 지지 않으려고 발표 대본을 움켜쥐었다. 여기서 울면 최악이다! 얼굴이 빨개지는 것 같고, 뺨이 타오르는 것 같았다. 나는 거북함을 애써 감추고 아무렇지도 않은 척 발표 대본을 다시 읽었다.

그러나 자기 공격에 반 아이들이 웃자 루이종은 한층 더 신이 나서 말했다.

"꼭 또 한 명의 멍청이 패리스 힐튼 같네요. 외모만 치장하는 경박한 여자 말이에요! 자기 신발을 세는 거 말고, 그 여자가 살면서 하는 게 뭐죠?"

"됐어, 그만해, 루이종! 레아, 계속해, 이번에는 발표자가 끝까지 말할 수 있도록 기다리세요. 질문이나 할 얘기가 있어도 끝까지 기다리세요."

네 쌤이 나서서 진정시켰다.

"어... 사실, 거의 끝났어요."

더는 계속할 힘이 없었다. 나는 안간힘을 다해 태연한 표정을 지으려 애썼지만 쓰러지기 직전이었다.

"확실해 레아? 신느에 대해 할 얘기가 더 없어? 아무리 그래도 좀 짧은데."

"자기 아이큐만큼이죠, 뭐!"

"조, 내 말 알아들은 줄 알았는데!"

쌤이 바로 꾸짖었다. 그러나 이미 늦었다. 모두가 낄낄거렸다. 나는 절망해서 내 자리로 돌아왔다. 귀에서는 윙윙 소리가 났고, 심장은 터질 것만 같았다. 열다섯 살에 심장 발작을 일으킬 수도 있나? 나는 조와 루이종을 쳐다보지 않으려고 눈을 피했다. 그런데도 걔들의 조롱기 어린 눈길이 힐끗 보였다. 쟤들이 나한테 왜 그랬을까? 난 친구라고 생각했는데... 며칠 전만 해도 셋이서 체육 시간에 고래처럼 웃어놓고 모두가 보는 앞에서 나를 공격하다니. 이런 모욕감을 안긴 저 애들을 절대 용서하지 못할 거다. 나는 스케이트보드를 좋아하지 않지만 저 애들이 그걸 한다고 비난하거나 조롱한 적이 없는데! 왜 날 공격하지? 내가 패션을 좋아해서? 자기들에게 아무 짓도 하지 않은 신느를 왜 비난하지?

드디어 쉬는 시간이 되었다. 얼른 화장실로 달려가 마침내 혼자 울 수 있겠다.

5

나는 복도 벽을 따라 걸으며 발걸음을 재촉했다. 절대로 지금 무너지면 안 돼. 화장실 앞에 50여 명이 이미 줄을 서 있는데, 나는 새치기를 했다.

"미안하지만 너무 급해서!"

"뭐야, 쟤는 자기가 뭐라도 되는 줄 아나?"

웬 키 작은 애가 저돌적으로 말했다. 나는 그 애를 째려보며 쏘아붙였다.

"여자가 급하다고 할 땐 왜 그런지 몰라? 그림이라도 그려줘?"

나는 '키 큰 여자'라는 지위를 이용했다. 그 애 친구가 팔꿈치로 그 애를 툭 쳤다. 얼굴에 주근깨가 가득하고 아주 깜찍하게 생긴 여자애는 즉각 깨갱하더니 사적인 이야기에 끼워 넣어준 걸 오히려 황송하게 생각하는 것 같았다.

"됐어. 몰라서 그랬어."

거의 사과하는 말투였다.

"고마워!"

나는 진짜 고마움을 느끼며 말했다.

나의 다급한 욕망은 아주 구체적이었다. 그것은 바로 눈물샘에 자리하고 있었다.

나는 화장실 문을 꽝 닫았다. 화장실 안에 들어서자마자 흐느낌이 새어나가지 않게 주먹으로 입을 틀어막았다. 내 뱃속에서 점점 커지던 응어리가 가슴에서 폭발했다. 굵은 눈물이 주르륵 흘러내렸다. 감정이 격해져서 온몸이 들썩였지만 긴장을 배출하니 기분은 좀 나아졌다. 나는 마음을 가라앉히기 위해 복식호흡을 시도했다. 흐느낌 사이로 숨을 깊이 내쉬고 들이쉬었다. 걔들이 대체 왜 그랬을까? 조와 루이종은 왜 그렇게 공격적이었을까? 내가 발표를 시작하기 전에 이미 작당한 것 같았다. 왜 그렇게 적개심을 보일까? 모두가 보는 앞에서 그렇게 날 망신 줄 필요가 있었나?

나는 쉬는 시간이 끝나길 기다렸다가 은신처에서 나왔다. 울어서 빨개진 토끼 눈을 반 애들에게 보여줄 순 없었다. 게다가 마스카라까지 번져서 절망한 판다 꼴인데. 거울을 들여다보니 이렇게 끔찍한 상황만 아니라면 웃고 싶을 지경이었다. 이제 교실로 돌아가 뒤몽텔 쌤의 수업을 들어야 한다. 역사지리가 최우선 당면 과제가 되었다! 아냐, 긴급한 과제는 마스카라 얼룩을 지우고, 눈에서 부기를 빼고, 차분한 모습을 되찾는 거야. 찬물로 얼굴을 씻으니 한결 나아졌다. 크림 샘플과 손수건을 갖고 다녀서 얼마나 다행인지. 걔들 말대로 외모만 치장하는 경박한 여자가 되려면 필요하잖아. ㅋㅋ

얼굴이 이젠 좀 봐줄 만해졌다. 보건실에 들러서 배가 아프다고 말해 수업에 늦게 들어갈 구실을 만들어야겠다. 다른 건 생각하고 싶지 않다. 이렇게 엉망이 된 이 하루를 얼른 끝내고 싶다. 가능한 한 눈에 띄지 않고. 특히 두 친구, 아니, 친구였던 걔들만은 피하고 싶다. 나머진 이따 저녁에 생각해봐야겠다. 당장은 잊고만 싶다. 아니면 다시 눈물이 쏟아질지 모르니. 하루가 끝나려면 아직 한참 멀었다. 레아, 용기를 내. 넌 할 수 있어!

6

"그래, 오늘 하루는 어땠어? 발표는 점수 잘 받았어?"

여느 때처럼 엄마는 학교가 끝날 무렵 세탁소에서 내게 전화를 걸었다. 엄마는 저녁 7시에 가게 문을 닫는다. 그때까지 나는 엄마와 아빠가 돌아오길 기다리며 리브와 둘이서 집을 지킨다.

"뭐..."

"뭐라고? 안 좋았어?"

"아니, 괜찮았어요. 근데 머리가 좀 아파요."

"나도 엄마랑 말할래!"

성가신 동생 리브가 내 손에서 전화기를 잡아챘다. **내** 전화기지만 이번만큼은 아무 저항도 하지 않았다.

"여보세요, 엄마?"

"내 막내딸, 어떻게 지내?"

"잘 지내죠!"

리브는 흥미로운 거라곤 1도 없는 자기 학교생활을 얘기하려고 멀찌감치 떨어졌다. "걔가 쉬는 시간에 내 머리를 잡아당겼어!" 말고 사실 초등학교 3학년에게 무슨 일이 있겠어. 동생이 대화를 독점하니 차라리 잘됐다. 유도신문을 기막히게 잘하는 엄마에게 딱히 무슨 말을 해야 할지 몰랐는데. 조와 루이종의 빈정거림에 내가 이렇게 상처 입었다는 걸 엄마에게 어떻게 말하나? 엄마는 신느 뒤에 누가 숨어 있는지도 모르는데. 나를 위해서도 엄마가 모르는 편이 낫다.

"됐어, 그만해. 이제 끊어! 집에 다 왔고, 그거 **내** 전화기거든!"

늘 생글거리는 동생을 보면 짜증이 났다.

"엄마 그만 끊을게요. 뽀뽀!"

리브가 간식을 꺼내 먹는 동안(정말이지 애는 먹을 생각뿐이다!) 나는 내 방에 틀어박혔다. 실은 **우리** 방이라는 게 나의 가장 큰 불행이다. 이 방에서 함께 사는 산더미 같은 인형들만 보면 꼭 어린이집에서 사는 느낌이다!

나는 컴퓨터를 켜고 내 블로그를 열었다. 신느의 최신 사진들을 보니 그래도 미소가 피어올랐다. 오늘 아침 일을 생각하면 마음 한 구석이 꼬집힌 듯 아프지만. 신느는 정말 예쁘다. 그녀를 알지도 못하면서 그렇게 비난하다니 이해할 수가 없다! 유명세를 치르는 게 틀림없어... 새 댓글 몇 개가 보였다. 댓글들을 읽어나갔다. 깜놀! 이게 실화냐? 장난 아냐? 이것도 그 애들이 장난질 친 거라면 죽이고 말겠어! 아냐, 아닌 것 같아. 확신하기 위해 다시 댓글을 읽어보았다.

엘리오트 안녕 신느. 친구를 통해 우연히 네 블로그를 알게 되었는데, 네 매력에 빠지고 말았어. 네 이름도 너만큼이나 독특해. 이런 말 지겹도록 들었겠지만, 넌 정말 대박 멋져! 안녕.

엘리오트? 엘리오트가 누구지? 댓글은 대개 여자들이 남기지 남자가 쓰는 경우는 정말 드문데. 게다가 자기를 드러내고 쓴 댓글은 처음이다. 엘리오트라니. 설마... 아냐, 그럴 리가 없어! 걔는 아닐 거야! **엘리오트**는 아냐! 우리 반의 그 엘리오트는 아닐 거야. 우리 학교에서 최고 꽃미남인 그 엘리오트일 리 없어. 몇 줄짜리 댓글을 다시 읽자 절로 미소가 피어올랐다. 엘리오트가 나한테 뻑간 거야? 아니지, 신느한테? 나는 컴퓨터 앞에서 행복에 겨워 킥킥댔다. 국어 수업 때 분위기와는 완전 대조적이다! 슬픔은 온데간데없이 사라지고, 마치 태양이 아침의 폭우를 쓸어 간 듯 화창하고 푸른 하늘이 짜잔 나타났다.

"왜 웃어?"

리브 때문에 나는 소스라치게 놀랐다. 정말이지 애는! 일부러 그러는 거야 뭐야?

"들어올 때 기척 좀 할 수 없어? 놀랐잖아!"

"**내** 방이기도 하거든. **내** 방에 들어가면서 노크하는 법이 어딨어?"

"미리 말하는데, 너 뒷정리 좀 해라. 안 그러면 엄마 아빠한테 혼날 거야!"

"언니는 맨날 나한테 잔소리만 해서 지겨워! 아무리 그래도 왜 웃는지 물은 게 범죄는 아니잖아!"

"가서 부엌 정리나 해. 날 좀 가만히 내버려 두고."

리브는 토라져서 나갔다. 정말이지 짜증 나는 성격이다.

믿을 수 없다! 이건 우연일 수가 없다. 엘리오트가 신느에게 글을 쓰다니! 게다가 내 얘기도 했다. 그가 말하는 '친구'는 나일 수밖에 없다. 와우! 다시 생각해보니 그는 내 발표에 관심이 있었던 것 같다. 특히 신느의 사진에. 그런데 뭐라고 대답하지? 아, 완전 좋아! 조와 루이종이 이걸 알면 어떤 표정을 지을까? 지들만 손해지 뭐. 내 비밀 이야기에 끼워주지 않을 거야. 이유 없이 나를 공격한 대가를 치르게 할 거야.

컴퓨터 앞에 앉아서 나는 엘리오트에게 무슨 말을 할까 고민했다. 모든 댓글에 답하는 편은 아니지만 이 댓글만큼은 도저히 지나칠 수가 없다. 엘리오트가 댓글을 쓰다니. 믿기지 않아서 스스로 꼬집어보지 않을 수 없었다. 얼마나 귀염 쩌는 앤데! 파란 눈, 살짝 곱슬곱슬하고 갈색 도는 금발, 섬세한 이목구비, 키스로 뒤덮고 싶은 입술, 운동도 잘하고, 옷도 잘 입는 보기 드문 꽃미남이다. 소박하면서 취향이 고상하고 세련된, 한마디로 보기 드문 진주다!

리브가 방에 들어오면서 내게 눈을 흘겼지만 무시했다. 내겐 더 중요한 일이 있으니까!

신느 엘리오트, 칭찬 고마워. 그런 말 자주 듣는 건 사실이지만 그래도 칭찬은 늘 기분 좋아!

아냐, 이건 전혀 아냐. 공주병 걸린 새침데기 같잖아. 지우고 다시

쓰자.

신느 고마워 엘리오트. 너한테 듣는 칭찬은 늘 좋아.

말도 안 돼! 그를 모르는 것처럼 해야지. 틀렸어. 다시.

신느 고마워 엘리오트. 내 이름이 좀 독특하긴 하지. 보기와 달리 프랑스 이름이야. 18세기에서 온 이름...

헐, 이 무슨 꼰대 같은 말투람? 신느는 딴 건 몰라도 절대 따분하게 보이면 안 되지.

신느 고마워 엘리오트. '우연'이 많은 일을 낳는 것 같아...

완전 멍청해 보여. 지우고 다시!

"얘들아, 어디 있어?"
"방에 있어요, 엄마!"
엄마가 들어오는 소리를 듣고서 나는 백만 볼트 전기에 감전된 듯 의자에서 벌떡 일어났다. 얼른 블로그를 닫자. 엘리오트에게 보낼 쿨하고 지적인 대답은 시간을 두고 찾자.
엄마가 고개를 들이밀었다.
"얘들아, 안녕! 왜 이렇게 조용해, 정말 드문 일이네!"

리브가 달려가 엄마 목에 매달렸다. 잘 보이려고 애쓰는 계집애!

"너희들은 어떤지 모르겠지만 난 완전히 지쳤어! 하루 종일 쉬지 않고 일했지 뭐니. 얘들아 별일 없어?"

"언니가 맨날 날 혼내요!"

"어구구, 불쌍한 막내딸, 이리 와, 내가 안아줄게. 못난 언니가 또 때렸구나!"

나 원 참, 어이 상실이다. 리브가 얼마나 짜증 나게 하는 앤데! 저 앤 엄마 아빠 앞에서 희생자 코스프레를 잘도 한다. 그럴수록 나는 점점 더 짜증이 난다.

"숙제 끝냈으면 가서 만화영화 봐. 좀 있다가 저녁 준비할 테니."

엄마가 방문을 조용히 닫았다. 엄마가 무슨 말을 하려는지 벌써 알겠다.

"레아, 너 동생한테 조금만 더 잘해주면 안 되겠니?"

"그치만 꼭 모기처럼 나한테 붙어 다녀서 괴로워요. 맨날 내 주변 만 맴돈단 말이에요!"

"아홉 살이잖니! 인내심을 좀 가져봐! 게다가 그건 널 좋아해서 그러는 거야. 네가 곁을 좀 내주면 동생도 덜 귀찮아질 거야. 그렇게 해보겠어?"

"음..."

"참, 오늘 네 생각을 했어. 꽤 놀라운 일이 있었거든. 한 여자 손님 이 나한테 샤넬 드레스를 맡겼지 뭐니! 상상이 가?"

"샤넬요? 확실해요?"

세탁소에 '드레스를 맡기는' 일이 어째서 '놀랄' 일인지 모르겠다.

그렇지만 이 촌구석 세탁소에 샤넬 드레스가 등장하다니 도저히 믿기지 않는다. 엄마는 샤넬이 전 세계에서 가장 짝퉁이 많은 브랜드라는 걸 모르는 모양이다. 사실, 패션과 우리 엄마는 전혀 별개인 두 세계다. 세 세계가 아니라면!

"그래, 그분이 옛날에 샤넬에서 일했대. 수놓는 사람이었다던가 아니면 재단사였다던가. 칼 뭐시기를 아주 잘 알더라니까…"

"엄마, 칼 라거펠트요!"

"그래, 어쨌든 드레스는 정말 예뻐! 완전히 수제품이야. 그분이 괜찮다고 허락하면 너한테 보여줄게."

"네, 그다지 믿기지는 않지만, 한번 볼게요."

이번에는 엄마가 내 방을 나가면서 어이없다는 듯 하늘로 눈을 치켜떴다. 엄마는 상냥하지만 순진하다. 우리가 뉴욕이나 파리에 살면 얼마나 좋을까, 근데 아장이라니, 솔직히 여긴 너무 아니다. 여긴 빈티지 상점조차 없다! 그런데 샤넬 드레스라니! 그나저나 엘리오트한테는 뭐라고 답하지?

신느 안녕, 엘리오트. 댓글 고마워. 엘리오트도 아주 예쁜 이름이네. 왠지 너한테 잘 어울릴 것 같아… 안녕.

나쁘지 않아. 칭찬에 대한 고마움도 표시하고 신비감도 좀 남기고. 나는 잔뜩 들떠서 '보내기'를 눌렀다.

블로그 페이지를 닫았다. 오늘은 엄청난 하루였다! 나도 지쳤다. 아침의 충격과 화장실에서 흘린 눈물과 뜻하지 않은 엘리오트의 댓글 사이에서 널을 뛰느라... 험한 산을 여러 개 넘은 느낌이다. 감정이 시소를 탄 하루였다! 정말 아쉬운 건 이걸 아무에게도 말할 수 없다는 사실이다. 조와 루이종에게는 더더욱 말할 수 없다. 오늘 아침 반응을 보니 걔들을 비밀 이야기에 끼워줘선 안 되겠다. 어쨌든 걔들이 뒤늦게나마 찜찜함을 느꼈으면 좋겠다. 절친 둘이 그렇게 내 등에 칼을 꽂을 줄은 짐작도 못 했다. 걔들을 아직 내 친구로 봐야 하나? 아냐. 난 그렇게 생각하지 않아. 가상 세계에서 내 분신인 신느만이 유일한 친구야. 이런 생각을 하니 기분이 울적해진다.

사실, 나는 지금껏 살면서 요즘처럼 혼자라고 느낀 적이 없다. 다시 눈이 따끔거리더니 속눈썹 끝에 눈물이 맺히는 게 느껴진다. 하지만 울고 싶진 않다. 걔들이 즐거워하는 건 보고 싶지 않다. 나는 강하게 보여야 한다. 오늘 두 친구를 잃은 건 확실하지만, 어쩌면 동맹을 하나 얻었는지 모른다. 학교에서 최강 꽃미남인 엘리오트. 그의 댓글 덕에 잠시나마 미소 지을 수 있었다. 엘리오트가 다시 내 댓글에 답을 달면 어쩌지? 아니, 신느에게 말이다.

7

사랑하는 친구들,

늘 그렇듯이 여행은 흠잡을 데 없었어요. 스튜어디스들이 얼마나 잘
해주는지 몰라요. 역시 진짜는 퍼스트 클래스밖에 없어요! 시간 가는
줄 몰랐어요. 옆자리에 앉은 가수 스트로마에와 수다 떠느라 시간을
다 보냈지 뭐예요. 너무도 기분 좋은 훈남이던걸요! 재주도 많은데 친
절하기까지 해요. 우리는 음악 얘기는 물론이고, 패션 얘기도 나눴죠.
스트로마에는 옷차림에서도 안무에서도 뮤직비디오에서도 미학을 아
주 중요하게 생각해요. 게다가 결혼까지 자기 스타일리스트와 했더라
니까요.(그렇지만 여행은 혼자 하고 있었어요.) 가끔 몇몇 독설가들은 저처럼
패션에 열정적인 사람들을 성급하게 판단하는 경향이 있지요. 제 옷
장이 터질 듯이 꽉 찼다고 제 뇌가 빈 건 아니랍니다! 경박하다고 비
난할 수 없는 스트로마에도 저처럼 패션에 미쳐서 자기만의 컬렉션을
내놓을 정도라고요. 알고 보니 이번 패션위크 동안 우리가 같은 패션

쇼에 초대받았더라고요. 세상이 얼마나 좁은지! 그에게 이 블로그를 소개했어요. 그가 이제는 제 팬 중 한 사람이 되었답니다!(저는 그의 팬이 되었고요!) 우리는 뉴욕에서 다시 만나기로 약속했어요. 환상적인 한 주가 될 것 같아 벌써부터 기대되네요!

뉴욕에서
모두에게 사랑을 전해요!
신느

수업 시간에 발표할 때 이 얘기를 했더라면 좋았을 텐데. 스트로마에보다는 나를 비판하기가 훨씬 쉬운 건 사실이니까! 조와 루이종도 그 수업에서 내게 쏟아낸 온갖 끔찍한 소리를 감히 스트로마에게는 하지 못했을 거다.

블로그에 글을 올리고 나니 기분이 좀 풀렸다. 블로그는 경이로운 세상(아장과는 멀어도 한참 먼)으로 열리는 창문이면서, 나를 표현하고 욕구를 발산할 수 있는 공간이기도 하다. 나는 머리를 식히고 나면 언제나 해답을, 재치 넘치는 임기응변을 찾아낸다. 그때 그 순간엔 총기도 달리고 말도 달려서 그저 사라지고만 싶었고, 화성인들에게 납치되거나 평행우주로 빨려 들어갔으면 싶었다. 하지만 나는 적대적인 반 친구들 앞에 그저 망연자실 서 있었다. 불행히도 현실은 늘 나를 붙들고 늘어진다.

내 경우, 현실은 매혹적이지 않다. 우선, 나는 한 번도 비행기를 타본 적이 없다! 퍼스트 클래스가 어떤 모습일지 짐작하기 위해 검색을 해야만 했다... 그나마 말할 수 있는 건, 퍼스트 클래스는 모두가 부러워한다는 것이다! 몇몇 사진을 보니 '호화롭고 평온한 향락' 이라는 표현이 무슨 의미인지 제대로 느껴졌다. 내가 해봤다고 유일하게 내세울 건 파리행 테제베를 타봤다는 건데, 그마저도 이등칸이었다! 그때 딱 한 번 디즈니랜드에 갔고, 에펠탑을 방문했다. 나는 열두 살이었는데, 멋진 순간에 멋진 장소에 있다는 그 느낌은 결코 잊지 못할 거다. 나는 패션의 수도에 있었고, 세계에서 가장 유명한 탑에 올라 끝없이 펼쳐진 파리를 바라보았다. 그저 경이로웠다! 그 모든 거리들, 상점들, 박물관들, 우아한 카페들, 조명들, 눈이 부셨다! 다시 생각만 해도 전율이 인다. 그때 나는 집으로 돌아오면서 우울해졌다. 엄마는 그걸 여행의 피로 탓으로 여겼지만 전혀 그 때문이 아니었다. 충격이 너무 컸다. 파리에서 돌아오자 아장이 얼마나 더 비좁아 보이던지. 너무 작은 신발을 신은 느낌이었다. 불쾌하고 고통스러운 느낌. 그 후 나는 말없이, 거의 침묵하며 괴로워하는 법을 터득했다.

이제 할 말을 다 했으니 잠을 잘 수 있을 것 같다. 내일은 새로운 날이다! 내일 나는 엘리오트를 만난다... 그가 나한테 반해서(아니 신느한테 반한 거지만 그게 그거지 뭐) 기분 째진다! 마음도 가라앉힐 겸 내일 입을 옷이나 생각해보자. 너무 춥지 않으면 진 숏팬츠에(엄마가 나를 문밖으로 아예 내보내지 않을지 모르니 두꺼운 스타킹을 신고) 에이치앤엠의 크림색 짧은 블라우스와 재킷을 입고, 부츠를 신어야겠다. 조와 루이종이 모르는 건 패션이 내게 나 자신이 된 느낌을 주고 만족감을 안긴다는 사실이다. 패션은 우리가 어떤 사람인지 얘기하는 하나의 방식이기도 하다. 걔들은 스포츠를 통해 말하고, 나는 옷차림을 통해 말한다. 저마다 자기 개성에 따라 얘기하는 거다. 다른 점이 있다면, **나**는 누구도 판단하지 않는다는 것뿐.

나는 인형을 품에 꼭 안고 자는 리브를 잠시 바라보았다. 아무리 그래도 동생은 귀엽긴 하다. 특히 잠잘 때는. 나는 엘리오트를 생각하며 눈을 감고 행복한 잠에 빠져들었다.

8

"저 가요!"

"잠깐! 아빠한테 인사도 안 하고 가?"

아빠에게 나는 여전히 네 살이다. 더 최악은 아빠가 사람들 앞에서, 특히 학교 앞에서 뽀뽀를 하려 할 때다. 아빠는 이제 내가 유치원생이 아니라는 걸 모르는 것 같다.

"자, 뽀뽀했으니 이제 갈게요!"

"그렇게 입고 안 추울까?"

"아빠, 스타킹 신었거든요!"

"그래, 다행이다. 엄마가 널 봤어?"

"아빠, 저 학교 늦겠어요."

"근데 동생하고 같이 안 가?"

"걔도 길 알잖아요."

"네, 아빠, 저도 다 컸어요. 길 알아요!"

초콜릿을 콧수염처럼 입가에 잔뜩 묻힌 리브를 귀찮게 달고 가는 건 절대 안 될 일이다.

"너희들, 내가 차로 태워다 줄까?"

나는 아빠를 좋아하지만 아빠의 배달용 용달차는 그리 좋아하지 않는다. 거기서 풍기는 냄새는 말할 것도 없고. 완벽한 옷차림을 어떻게 새우와 명태 비린내로 망치나! 이런 건 아빠에게 얘기할 수 없는 거다.

"네! 제가 앞에 타도 되죠?"

리브가 애원했다. 나는 아빠에게 뽀뽀를 하고 서둘러 나섰다! 그런데 이번엔 엄마가 부엌에서 나오며 말했다. 두 사람이 오늘 아침에 짰나. 무슨 음모라도 있나?

"레아, 기다려. 할 말이 있어. 오늘 저녁에 세탁소에 들르지 않을래? 손님이 맡긴 샤넬 드레스 보여줄게. 정말 엄청난 옷이야. 진짜 컬렉션 작품이라니까!"

"알았어요. 들를게요. 이제 가요!"

휴, 마침내 혼자가 되었다! 부모님은 친절하지만 정말이지 끈끈이처럼 달라붙는다. 조와 루이종을 어떻게 대할지는 아직 결정하지 못했다. 아무 일도 없었던 것처럼 대할까 아니면 해명을 요구할까? 깊이 숨을 들이쉬고 생각한다. 좀 두고 보자. 어쩌면 걔들은 자신들이 나한테 무슨 못된 짓을 했는지 모르는 게 아닐까? 반 친구들을 재밌게 하려는 욕구가 우정보다 앞서서 내 자존심을 다치게 한 건지도 몰라... 걔들이 엘리오트에게 반했다는 걸 난 알지. 걔들이 스케이트보드를 그렇게 연습하는 덴 다 이유가 있지! 엘리오트가 신느, 그러니까 '파리의 힐튼'에게 반한 걸 걔들이 알면 어떻게 될까! 이렇게 생각하니 내가 덜 바보스럽게 느껴졌다. 걔들이 이번 한 번만 그런 건지도 몰라. 나는 입가에 미소를 띤 채 학교에 들어섰다.

♥9

 교실 문 앞에서 엘리오트를 향해 눈길이 가는 것을 어쩔 수가 없었다. 그가 자기 친구들과 함께 저만치 앞에 있는데, 나는 그를 향해 다가가지 않고 참았다. 무엇보다 우리는 한 번도 말을 나눠본 적이 없다. 딱 한 번 그가 유급해서 5학년을 다시 다닐 때 내게 볼펜을 빌려달라고 한 적이 있었는데, 그때 나는 토마토처럼 얼굴이 새빨개졌고, 볼펜을 건네면서 덜덜 떨 뻔했다. 쪽팔려! 그러니 지금 내가 그가 있는 쪽으로 달려가면 이상해 보일 것이다. 그는 학교에서 스타 같은 존재여서 누가 그렇게 다가오도록 내버려 두지 않는다. 게다가 다가간들 무슨 말을 하나? 그가 신느에게 댓글을 남겼다는 걸 아는 척해서는 안 되잖아. 그런 게 알려지길 그가 바랄 것 같진 않다. 게다가 그가 알지 못하는 가운데 그와 비밀리에 접촉하는 편이 훨씬 더 재밌기도 하다. 내게도 이건 복잡한 문제다! 나는 업무상 비밀을 지켜야 한다. 신느와 나는 한 사람이지만 누구도 이 사실을 알아서는 안 된다. 어째 좀 스파이더맨 같다. 다만 나는 슈퍼 히어로가 아니어서 나의 갑갑함을 구할 뿐, 누구의 목숨도 구하지 않는다.

나는 루이종에게 고개만 까딱하고는 무슨 목숨이라도 걸린 듯이 내 가방 속을 미친 듯이 뒤졌다. 완전 타조 꼴이다! 그렇지만 무슨 생각을 해야 할지도 모르겠는데 무슨 말을 할지를 어찌 알겠나? 종이 울렸다. 우리는 몇 명씩 무리 지어 교실로 향했다. 그때 조가 나를 향해 다가오는 게 보였다. 다시 가방을 뒤질 수는 없다. 완전히 미치지 않고서야.

"안녕, 별일 없지?"

"응, 너는?"

속으론 그저 이렇게 외치고 싶었다. **왜?** 나한테 왜 그런 거야? 내 발표 주제가 네 맘에 들지 않더라도 요령껏 좀 가만히 있을 수도 있었잖아. 너 내 친구 아니었어?

그러나 이 말 대신에 나는 초연한 표정을 짓고, 그런 것 따위엔 아랑곳하지 않으며 걔를 비난할 게 아무것도 없는 사람처럼 굴었다. 그래도 걔가 해명을 해준다면, 특히 사과를 해준다면 아주 좋았을 텐데.

"어제 루이종이랑 같이 너를 찾았는데 사라지고 없더라."

"아, 나한테 뭐 할 말이라도 있었어? 난 머리가 아파서 보건실에 갔었지."

"이젠 괜찮아?"

"왜 이제 와서 내 걱정을 하는 거야?"

나는 삐딱하게 물었다. 조는 어딘지 거북해 보였지만, 나는 걔 마음을 풀어줄 생각 따윈 없었다. 나는 내 자리에 앉았고, 우리 사이에 거북함은 계속되었다. 쉽게 사라질 느낌이 아니었다. 걔들이 기적을 행한다면 모를까.(이를테면 용서를 구하기 위해 나한테 팔찌나 콘서트 티켓을 내밀거나 혹은 큰 글씨로 교실 입구에 이렇게 써 붙이거나. **레아 용서해줘. 네가 최고야. 우린 널 사랑해.** 하지만 모두가 알다시피 기적은 잘 일어나지 않는다. 아장에서는 더욱!)

"모두 자리에 앉고, 책을 꺼내세요!"

이 말로 네 쌤이 우리 사이 거북함을 끝장냈다. 나는 안도하며 쥘리앙 소렐과 레날 부인의 사랑 속으로 빠져들었다. 그 사랑에 끌려서가 아니라 적어도 그것이 생각을 전환하게 해주었기 때문이다. 나는 엘리오트 쪽으로 힐끗 눈길을 던졌고, 그가 자기 댓글에 달린 내 답글을 어떻게 해석했을지, 그리고 다시 댓글을 썼을지 생각했다. 오늘 아침에는 블로그를 들여다볼 생각을 하지 못했다. 저녁까지 기다려야 한다는 건 정말이지 형벌이 될 것 같다.

"레아, 113쪽 좀 읽어줄래?"

그리고 이제 콩쿠르 참석을 취소할 적당한 이유도 생각해내야 한다. 내 독자들을 열받게 하지 않으면서 믿을 만한 이유여야 한다. 한마디로, 독자들이 실망하더라도 달아나지는 않을 만한 이유여야 하는데, 그건 가장 유능한 외교관들이나 해낼 수 있을 임무다.

"레아, 내 말 듣고 있는 거니?"

"네?"

"6장 도입부를 읽어주렴."

"아 네, 죄송합니다."

내가 꿈을 꾸는 건가? 아니면 엘리오트가 내게 미소를 지은 게 사실인가? 도저히 못 보고 지나칠 수 없는 미소였다. 뺨 한가운데 작은 보조개가 패이는 눈부신 미소. 미치겠다, 쩐다! 조도 본 것 같은데! 이번 기회에 반성 좀 하겠지.

집중해야 해.

"사람들의 눈길에서 벗어나자 레날 부인은 천성적인 활달함과 매력을 한껏 드러내며 정원 쪽으로 난 거실 유리문을 통해 밖으로 나왔다. 그때 현관문 가까이에, 아직은 아이 같은 시골 청년의 극도로 창백한 얼굴이 보였다. 막 울고 난 얼굴이었다. 청년은 새하얀 셔츠 차림에 곱슬곱슬하게 보풀이 인 보라색 상의를 팔 아래 끼고 있었다."

등등.

"레아, 고마워. 내일까지 모두 이 텍스트를 분석해 오세요."
"내일까지요?"
네 쌤의 통고에 반 전체가 술렁거렸다. 정말이지 어이없는 과제다. 누구보다 분노한 건 나였다. 내가 할 일이 이것뿐인 줄 아나! 내 블로그는 어쩌고? 내 독자들은? 그들에게 답글은 누가 달고? 누가 그들을 안심시켜주나? 그들의 기분은 누가 풀어주나? 스탕달이? 스트로마에와 만남을 알린 것이 내 수많은 팬들의 호기심을 자극했을 게 분명한데. 이젠 합성 사진을 생각해봐야 할 텐데. 이미지를 활

용해서 팬들을 완전히 설득해야 한다. 포토샵 만세! 그런데 하필 이럴 때 텍스트 분석 숙제라니! 다음 시간은 수학 수업인데, 이놈의 하루가 도무지 끝날 것 같지 않다.

10

　학교 식당에서 나는 조, 루이종과 함께 태연하게 레물라드 소스에 샐러리를 먹었다.(엄청 군침 도는 소고기 동그랑땡에 넘어가지 않고 버틴 내가 대견했다. 이건 지구를 위한 행동이니까.) 나는 친구들을 마치 아무 일도 없었던 것처럼 대했다. 이러는 게 좋은지 나쁜지 모르겠다. 친구들이 원망스럽지만 내 인생에서 걔들을 지우고 싶진 않다. 10년 우정에 그렇게 단숨에 줄을 그어버릴 순 없잖나! 다툼은 이미 많이 겪어봤다.(유치원에서 담요 때문에 싸운 적도 있다.) 걔들과는 모든 걸 공유했다. 우리의 첫사랑, 첫 브래지어(브래지어를 처음 착용하면서 미친 듯이 웃었던 게 아직도 기억난다), 첫 매니큐어, 첫 생리까지, 자부심과 불안과 점점 사라져가는 유년기에 대한 향수가 뒤섞인 묘한 감정까지 공유했다. 그래서 나는 예민한 성격을 죽이고, 걔들과 점심을 같이 먹었다. 모든 여자애들이 하듯이.

　"솔직히, 네 쌤은 너무해. 텍스트 분석을 내일까지 하라니!"

"분석 숙제를 하루 전날 내주고 다음 날까지 해오라는 법이 어디 있어!"

"좀 쿨하면 안 되나? 수학 시험도 봐야 하는데!"

"그래 놓고 쌤들은 우리가 스트레스를 받는다 하면 놀란다니까!"

우리는 대화에 빠져 엘리오트가 우리 식탁을 향해 다가오는 걸 알아차리지 못했다.

"안녕, 잘 지내?"

우리 셋은 귀신이라도 보듯 그를 바라보았다. 흘러내린 금발이 멋진 파란 눈을 가린 모습이 꼭 천사 같았다. 푹 빠져서 헤매고만 싶은, 깊고 짙은 푸른 눈. 나는 먹던 샐러리를 대충 집어삼키고 말했다.

"안녕!"

조는 애서 편한 척 엘리오트를 바라보았지만 걔를 잘 아는 내 눈엔 당황한 게 다 보였다. 루이종에게는 차마 입가에 마요네즈가 묻었다는 말을 못 했다. 나는 긴장할 때마다 그러듯이 미친 듯한 웃음이 터져 나올 것만 같았다.

"어제 너 발표 괜찮았어. **신느**, 맞지?"

"으응..."

나는 얼떨떨했다. 이보다 더 멋진 공개적 지지를 꿈꿀 수는 없을 거다. 엘리오트는 대박 쿨한 인물을 몸소 구현해 보였다. 조와 루이종은 영문을 모른 채 서로 얼굴만 쳐다봤다.

"너도 그 여자 알아?"

"**그럼**, 잘 알지. 너도 알잖아. 너도 보잖아!"

"어... 개인적으로는 거의 몰라."

내가 부사를 이리도 어렵게 내뱉어본 적이 있었나?

"알았어, 이따 봐!"

"이따 봐!"

우리 셋은 눈으로 그를 좇으면서 자동 인형처럼 동시에 합창하듯 대답했다. 우리 말이 안 들릴 정도로 그가 멀어지자 우리는 코를 접시에 박고 폭소를 터뜨렸다.

"근데 이게 다 뭐야?"

조가 웃으며 외쳤다. 루이종은 입가에 마요네즈가 묻었다는 걸 뒤늦게 깨닫고 버럭 화를 냈다. 우리는 거의 안 보였다고 말해 루이종을 안심시켰다. 뭐 어쨌든 그가 쳐다본 건 나였으니까. **나**. 루이종이 내 주머니 거울을 온갖 각도로 들여다보며 파슬리 조각인지 아니면 무슨 음식 찌꺼기인지를 빼는 동안 우리는 방금 무슨 일이 일어났는지 상황 판단을 했다. 다시 말해 엘리오트가 내 발표를 흥미롭게 생각했다는 것. 완전 초대박 사건이다! 두 친구는 어안이 벙벙했을 거다.

"엘리오트가 신느 같은 얼간이한테 관심을 보이다니 말도 안 돼!"

조가 탄식했다.

"제발 그만해. 그 여자는 '얼간이'가 아냐! 너희들처럼 뭔가에 열정을 쏟는 거야. 좋아하는 게 패션일 뿐인 거지!"

"이게 전부 그 여자가 금발에다 쭉쭉빵빵이라 그래!"

조가 빈정댔다.

"단 2초만이라도 너희가 어제 이유 없이 나한테 밉살맞게 굴었고, 내 발표가 그렇게 허접하진 않았다고 인정하면 안 되니?"

곪은 종기가 결국 터져버렸다. 둘은 살짝 거북한 얼굴로 나를 쳐다봤다.

"어 인정, 어제 우리가 다정하진 않았지."

루이종이 웅얼거렸다.

"아, 그치?"

나는 기분이 좋았다.

"하지만 그 여자가 '오, 이 바지 너무 멋지죠. 나한테 너무 잘 어울리죠!' 같은 말 말고는 그다지 할 말이 없다는 것도 인정해. 여성의 가치를 높여주는 여자는 아니잖아. 시몬 드 보부아르 같은 인물과는 거리가 멀어!"

"꿈 좀 깨시지! 어쨌든, 내가 너희를 설득할 이유는 없어. 나는 그 블로거가 하는 일을 좋아해. 그 사람처럼 여행하고 싶어. 너희 말처럼 멍청해 보일지는 몰라도 신느는 아장을 한 번도 나가본 적 없는 우리보다는 세상을 훨씬 많이 알아!"

그러면 누가 얼간이일까? 그 애들은 꼬리를 내렸다! 나는 구름 위에 올라앉은 기분이었다. 학교에서(내가 보기엔 아장을 통틀어서) 최강 꽃미남이며, 조와 루이종 눈에는 세상 제일 멋진 남학생인 엘리오트가 학교 식당에서 모두가 지켜보는 가운데 친히 나에게 와서 말을 걸고, 내 발표를 얼마나 좋아했는지 말했으니 말이다. 조 말대로 신느의 외모가 크게 작용했다는 건 안다. 하지만 나는 그걸 인정해서 저 친구들 말에 힘을 실어주고 싶진 않았다. 그 꿈 같은 외모 뒤에 숨은 건 나니까. 내 인성, 내 취향, 내 말, 내 욕망, 내 꿈... 그러니 논리적으로 따지면 엘리오트는 나한테 반한 거다! 거의 나한테.

나는 남은 음식을 집어삼키듯 먹어치웠다. 뱃속의 응어리는 마법처럼 사라졌다. 오후 시간은 꿈꾸듯 흘러갔다. 나는 머리를 구름 속에 집어넣은 채 만 미터 상공을 떠돌았다. 그리고 10분 간격으로 시계를 쳐다보았다. 그러면서 스마트폰을 사주지 않는 부모님을 원망했다. '구린' 내 전화기로는 원하는 만큼 웹 서핑을 할 수가 없다. 집에 갈 때까지 기다려야 내 블로그 댓글들을 볼 수 있다... 앗, 깜빡했네. 샤넬 드레스라는 걸 보러 엄마한테 들르기로 약속해놓고. 내가 아무리 엄마를 좋아해도 급한 일은 따로 있지! 수업 마치는 종이 울리자마자 나는 지체하지 않고 바로 집으로 돌아갈 생각이다. 리브도 내 말을 따르는 게 좋을 거다. 이건 타협할 일이 아니다. 사탕으로 구슬리는 한이 있더라도.

나는 바로 엄마에게 문자를 날렸다.

엄마. 오늘 오후에는 못 들러요. 내일 수학 시험에다 텍스트 분석까지 해야 해요. 교육부에 고마워하세요! ㅠㅠ 다음에 들를게요! ♥♥

이제 몇 분만 있으면 이 기나긴 하루도 끝날 거다!

띠리링...

목 빼고 기다린 종소리가 마침내 나를 해방시켜주었다. 나는 번갯불에 콩 볶는 속도로 짐을 챙겨서 출구로 향했다. 학교 정문으로 몰려가는 학생들 틈에서 리브를 찾았다. 리브의 작은 머리가 보였다. 서둘러야 한다는 걸 이해시키려고 빠르게 손짓을 했다.

"리브! 얼른, 가자!"

리브가 웃었다. 따라오게 하려고 나도 웃었다.

"얼른 가자. 할 게 너무 많아!"

"엄마 보러 안 가?"

"안 가. 걱정 마. 엄마한테 얘기했어."

리브는 무슨 일인지 궁금해하는 표정으로 나를 쳐다봤다.

"네가 착하게 굴면 네 숙제 도와줄게!"

동생은 안 믿기는지 계속 뚫어져라 나를 쳐다봤다.

"진짜?"

"진짜!"

나는 약속에 도장을 찍으려고 동생의 손을 쳤다. 동생이 내 품에 달려들어 하마터면 나를 넘어뜨릴 뻔했다.

동생이 나랑 시간 보내는 걸 좋아해서 그런다는 건 알지만 그렇게 나 좋아하는 걸 보니 좀 놀라웠다. 저 나이에 나는 이미 숙제하는 것만 아니라면 뭐든 좋아했는데. 동생은 좀 성가시긴 해도 아주 귀여울 때도 많다.

"가자!"

리브는 종종걸음으로 앞서 걸었고, 나는 엄마의 문자를 확인했다.

그럼 그래야지. 넌 자랑스러운 딸이야.(아, 성가신 교육부!)
이따 보자. 싸우지 말고. 사랑해. 엄마.

현관문을 넘어서자마자 나는 방으로 달려가 컴퓨터를 켰다.

"내 숙제 할까?"

이그, 저 끈끈이.

"어, 간식 먼저 먹을래? 내가 급히 할 게 있는데, 조용히 해야 해."

"약속했잖아!"

"알아. 그렇지만 '당장' 하겠다고 한 건 아니잖아. 내일 수학 시험도 있고, 텍스트 분석도 해야 해. 너도 고등학교 가면 알게 될 거야!"

"그래, 그치만 약속했잖아! 약속은 약속이야!"

또 시작이다. 곧 소리 지르고 울겠네. 리브는 그리스 비극에는 확실히 재능을 타고났다.

"나도 내가 약속한 거 알거든! 그치만 당장은 안 된다고 했을 뿐이잖아. 너 우리말을 알아듣는 거니? 아니면 통역이라도 부를까?"

리브는 문을 꽝 닫고 나갔다. 엄마가 "싸우지 말고"라고 말한 게 얼마나 다행인지! 엄마한텐 아무래도 육감이 있나 보다. 이번에도 엄마가 보면 내 잘못이라고 하겠지. 이제 조용하니 엘리오트의 댓글을 볼 수 있겠다! 컴퓨터야 제발 좀 켜져라! 뭘 하는지 오랫동안 꾸물대는 컴퓨터 때문에 미치겠다. 스마트폰뿐만 아니라 새 컴퓨터도 필요하다. 당장!

겨우 켜졌다. 서둘러 블로그로 가서 댓글 수를 확인했다. 대박! 백개가 넘었다. 신기록이다! 게다가... 빙고! 엘리오트의 댓글도 있다! 기분 째진다!

엘리오트 내 이름이 잘 어울린다고 말하는 너야말로 멋진 취향인걸, 안 그래? 아장에 들를 일 있으면 연락해! 너를 위해 기꺼이 가이드가 되어줄게. 내가 예쁜 곳을 많이 알거든. 안녕.

헐, 이 작업은 뭐람? 센데! "내가 예쁜 곳을 많이 알거든"이라니 무슨 헛소리지? 얘는 나랑 다른 도시에 사나? 어쨌든 자신만만하네! 신느를 위해 개인 가이드로 나서겠다니! 자신감이 보여!(사실 존잘남이긴 하지!) 저런 자신감이라면 나도 넘어가겠네. 그런데 신느가 정말 엘리오트의 눈길을 끌었나 봐!(사실 신느의 미모가 숭고하긴 하지!) 허걱, 기막힌 대답을 찾아야 하는데... 지겨운 텍스트 분석을 해야 하다니! 숙제를 안 하면 좋은 성적을 못 받고, 좋은 성적을 못 받으면 새 컴퓨터를 못 갖게 될 텐데. 내 인생은 왜 이렇게 꼬였을까? 돈을 벌 방법을 반드시 찾아야 해! 우선은 리브가 숙제하는 걸 도와줘야겠어. 눈물로 거실 양탄자를 다 적시기 전에. 그랬다간 또 내 잘못이 될 테니까!

"리이이브!"

"왜?"

동생이 젖은 눈으로 번개처럼 달려 나왔다. 입양을 기다리는 사랑스러운 강아지 같다. 나님이 동물을 좋아하니 쟤한테는 참 다행인 거지.

"네 숙제가 뭐야?"

이 질문을 하자마자 동생 얼굴에 미소가 번졌다. 비온 뒤에 무지개가 뜨듯이. 아무래도 내 동생은 뼛속 깊이 배우인 것 같다.

한 가족 안에 스타가 두 명이라니! 대박!

"구구단을 몽땅 복습해야 하고, 수학 익힘책도 풀어야 하고, 받아쓰기도 해야 해."

"그렇게나 많아?"

좋아, 20분이면 되겠군. 엘리오트에게 답장 쓰고 싶어 죽을 지경이지만, 신느는 팬을 기다리게 해야 해. 아장의 젊은 팬에게 대답하는 일 말고도 할 일이 얼마나 많은데. 온 세상이 자기 발아래 있으니!

헐! 내가 완전히 정신분열증 환자가 되어가나 봐!

11

리브의 숙제에 몰두하느라 현관문이 열리는 소리를 듣지 못했다.

"그림 정말 보기 좋네! 사랑하는 두 딸이 사이좋게 같이 공부를 하다니!"

불시에 들이닥친 엄마가 이렇게 반가울 수가 없다! 이번만큼은 바른 생활을 하다가 현장범으로 들켰으니 불평할 게 없다.

"기다려봐. 사진 한 장 찍게. 이 멋진 순간을 영원히 남겨야지. 우이스티티이이이."

"우이스티티이."

"둘 다 진짜 예쁘다!"

"엄마는 좋겠어요. 나도 내 휴대폰으로 사진 찍을 수 있으면 좋겠는데..."

나는 슬그머니 공격을 시작했다.

"아, 어째 오랫동안 그 소리 못 들었다 싶었네!"

"새 컴퓨터도 필요해요. 내 건 너무 느려서 스탕달 분석 숙제를 할 수가 없어요!"

"이미 말했잖니. 컴퓨터가 하나 있는 것만도 행복이라고 생각해! 나 이제 막 도착했잖니, 이런 얘긴 나중에 하면 어떨까? 장본 것 정리해야 하는데, 누가 날 도와줄래?"

"나요!"

리브가 나섰다. 저 앤 숙제하는 것도 좋아하더니 물건 정리하는 것도 좋아하네. 도무지 수수께끼 그 자체야. 나도 노리는 걸 얻으려면 저 애처럼 해야 할까 봐.

"엄마, 곧 시험이에요..."

"도서관에 좀 더 자주 가는 건 어때?"

"엄마! 내 친구들은 전부 컴퓨터가 있다고요!"

"너도 있잖니."

"네, 내 건 백만 년 된 거라 고물상에나 갖다 줘야 한다고요."

"6개월마다 컴퓨터를 바꿔줄 형편이 못 돼서 미안하구나."

"그래서 생각해봤는데요, 제가 일을 하면 어떨까요?"

"뭐?"

"베이비시터 같은 걸 할 수 있을 거예요. 이제 열여섯 살이나 다름없잖아요."

"얘야, 여덟 달이나 있어야 열여섯 살이란다. 베이비시터를 하기엔 아직 너무 어려."

"그렇겠죠! 매일 저녁 리브를 볼 만큼은 어른이지만, 다른 아이들을 보기엔 너무 어리죠, 그런 거죠? 어디에 오류가 있는지 찾아보세요!"

"레아, 그만해! 하루 종일 힘들었는데 너까지 왜 이러니..."

"무슨 일이야?"

"아빠!"

내가 미처 돌아보기도 전에 리브가 달려가 아빠 품에 안겼다. 그러고 있으니 두 사람이 얼마나 닮았는지 보였다. 리브는 아빠의 여자 붕어빵이다. 둘 다 갈색 머리인데, 아빠 눈만 초록색이다. 그러고보면 아빠도 미남인데, 전혀 가꿀 줄을 모른다! 외모에 신경 쓰는 게잘못도 아닌데.

"아빠, 마침 잘 오셨어요! 내 컴퓨터가 맛이 가고 있어요. 내 전화기는 고대 유물이고요. 용돈을 좀 벌게 제가 일을 하면 안 될까요?"

엄마가 아빠에게 눈짓을 보냈다. 엄마가 있는 데서 엄마의 의견과어긋나게 허락하지 말라는 뜻이지만, 아빠에게만큼은 나의 슈퍼 파워가 먹힌다. 나는 아빠가 애지중지 사랑하는 딸이니까!

"아빠... 제발요. 제가 일하는 걸 허락해주세요! 나보고 맨날 다컸으니 책임을 져야 한다고 말하시면서 이럴 때는 애 취급 하시잖아요!"

그러면서 나는 아홉 살짜리처럼 아빠 품에 안기며 최후의 일격을가했다.

"사랑하는 아쁘빠..."

"난 반대한다고 말한 적 없는데!"

"여보!"

엄마가 버럭 소리를 질렀다. 엄마는 아빠를 매섭게 쏘아보았다.

아빠에게는 확실한 협박이었다.

"그게 아니라, 주말에 내 가게에 와서 일하라는 뜻이야. 토요일 아침에 레아가 나를 도울 수 있을 거야. 그때는 늘 사람이 많아서 정신이 없거든!"

"생선 가게에서요?"

내가 아연해서 물었다.

"그래! 아니면 어디겠니?"

"그건 아니죠!"

내 눈앞에서 죽은 문어가 꿈틀거리기라도 한 것처럼 나는 흠칫 뒷걸음질 쳤다.

"그거 좋은 생각인데!"

엄마가 말했다. 나를 화나게 만드는 일이라면 두 사람은 죽이 잘도 맞는 것 같다! 나는 더 이상 듣고 싶지 않아서 내 방으로 갔다. 그런 건 생각조차 할 수 없는 일이라는 걸 보여주기 위해 문을 있는 대로 세게 닫았다.

나더러 생선 가게에서 일하라고? 내 평생 이런 수모를 당한 적은 없었다! 학교에서는 얼마 전에 그런 적이 있었지만, 부모님은 나를 더 사랑하고 이해해주리라 기대했는데! 울고 싶었다. 화가 치밀고 속이 울렁거렸다. 딸내미가 폼 안 나는 고무 옷을 걸치고 꼴사나운 고무장화를 신고 언 발로 생선 비린내와 추위를 견디며 손님들을 맞이하는 걸 어떻게 한순간이라도 생각할 수 있을까? 게다가 만약 엘리오트가 그렇게 흉한 내 꼴을 보기라도 하면 어쩌라고?

왜 나한테 베이비시터 일을 허락하지 않을까? 지금도 난 저녁마다 동생을 돌보는데! 너무 부당해! 내가 변덕이나 부리고, 아무 대가 없이 컴퓨터를 요구하기라도 했나? 그저 베이시비터 일을 하게 해달라고 허락을 바랐을 뿐인데! 내 꿈을 이루기 위해 능력을 갖추고 싶은 것뿐인데! 무슨 그런 대답을 하지? 생선이라니! 너무 심한 농담 아냐? 아니면 악몽이든지. 이놈의 인생은 생각했던 것보다 더 최악이야!

유일하게 나를 기쁘게 하는 건 내 블로그다. 숙제를 하자니 너무 기분이 상해서 스트로마에 사진으로 포토샵이나 해야겠다. 까다로운 작업이 될 거다. 이 블로그를 관리하는 데 얼마나 공이 드는지 누구도 짐작하지 못할 거다. 아무도 알지 못하는 게 당연하지. 이렇게 외톨이 같고 이해받지 못한다고 느낀 적이 없었다.

똑똑똑. 아 증말, 나를 가만히 내버려 두지 않을 모양이군.

"아빠야. 들어가도 돼?"

"왜요?"

"그냥 너랑 얘기 좀 하려고."

문 너머로 아빠가 말했다. 나는 뿔이 나서 행여 기적이라도 일어날까 희망을 품으며 컴퓨터만 뚫어져라 쳐다봤다. 그러나 아빠가 거듭 요구해 문을 열지 않을 수가 없었다.

"레아, 왜 그러니?"

"왜 그러냐고요? 새 컴퓨터가 필요하다고요. 그래서 일하겠다고, 베이비시터를 하겠다고 했더니 아빠는 나더러 생선 가게에서 일하라고 하셨잖아요!"

나는 아기처럼 눈물을 펑펑 쏟았다. 아빠가 영문을 모르겠다는 표정으로 나를 쳐다볼수록 나는 더 크게 울었다.

"그래, 그래서 생선 가게에서 일하는 게 뭐가 문제인지 말해줄래? 너는 내가 차로 학교에 데려다주는 것도 싫어하지. 내 일터에 발을 들여놓고 싶어 하지도 않고. 가게에 와서 좀 도와달라고 했더니 도무지 이해할 수 없는 행태를 보이고! 너는 내가 부끄러운 거냐?"

오, 나의 아빠, 아뿌빠, 나를 그렇게 쳐다보지 마세요. 그러면 눈물이 더 나오잖아요. 아빠를 아프게 하고 싶지 않아요.

"아뇨, 그게 아니라..."

내 목소리가 나를 배반해서 도저히 말을 끝낼 수가 없었다.

"그럼 내가 문제가 아니라면 뭐가 문제냐? 내 직업이냐? 너는 생선 파는 아빠가 부끄러워?"

나는 차마 아빠를 쳐다보지 못했다. 아빠의 눈길이 레이저처럼 나를 훑었다. 부끄러움에 얼굴이 화끈 달아올랐다. 아빠한테는 절대 거짓말을 할 수가 없다. 그런데 내 감정이 너무도 부끄러웠다.

"그게 아니라..."

"레아, 뭐가 아냐? 아빠는 바보가 아냐. 네가 거북해하는 게 다 보여! 왜 그러니? 내 직업이 너한테는 썩 '기깔나는' 직업이 못 되는 거니? 너한테는 내가 썩 '뽀대나지' 않는 거야?"

따귀를 한 대 맞은 느낌이었다. 나는 눈을 내리깔고, 부끄러워서 신발만 바라보았다. 하지만 해명 없이 가만히 있을 순 없었다. 아빠가 나를 야비하고 배은망덕하고 경박한 아이로 생각하게 둘 순 없었다. 그래서 힘겹게 웅얼거렸다.

"그게 아니라 다른 애들이 놀려서요."

"다른 애들? 어떤 애들? 누구 애길 하는 거냐?"

나는 고개를 들고 아빠를 바라보았다. 너무도 슬펐다! 오로지 한 가지 마음뿐이었다. 아빠가 날 쓰다듬어주도록 아빠 품에 안기고 싶었다. 지금 당장은 네 살배기 아이이고 싶었고, 아빠 품에 파고들어 아빠의 온기를 느끼며 모든 걸 잊고만 싶었다. 서툴게 몇 마디를 내뱉고 나서야 나는 그 상처가 아직도 얼마나 생생한지 깨달았다. 오랜 시간이 흘렀는데도 그 상처는 내 작은 심장의 그늘 속에 웅크리고 있었다. 여전히 생생하게 살아서 내게 고통을 준다. 아이들은 아주 잔인하고 고약할 수 있다.

초등학교 2학년 때였다. 어느 날 학교 현장학습에 아빠가 함께 따라가주었다. 나는 아빠가 함께 가줘서 자랑스럽고 뿌듯했다. 그 연극 나들이에 아빠가 꼭 함께 가야 한다고 내가 고집 부려서 나를 위해 어렵게 오전 시간을 냈다는 걸 알았기 때문이다. 아빠는 나를 기쁘게 하는 일이라면 무엇보다 좋아했다. 새빨간 의자들이 놓인 멋진 공연장에서 아빠는 내 옆에 앉았다. 나는 곧 보게 될 공연 때문에 들뜨고 행복했다. 우리 뒤에서 마일리, 일리에스, 콘스탄틴이 인상을 찌푸리고 코를 쥐는 걸 보기 전까지는 그랬다. 나는 개들 행동이 무얼 암시하는지 바로 알아차렸다. 개들은 '썩은 생선과 새우' 냄새가 난다고 티를 냈던 것이다. 나는 화가 나서 굴처럼 입을 꽉 다물었다. 공연 내내 배가 아팠다.

그날 무슨 공연을 보았는지는 하나도 기억나지 않는다. 객석이 어두웠지만 내겐 반 친구라는 아이들이 내 아빠를 가리키며 코를 쥐고 장난친 것만 들리고 보였다. 그날 아빠가 그걸 알아차렸는지는 모르겠다. 그 후로 나는 두 번 다시 학교에서 가는 현장학습에 아빠에게 함께 가자고 청하지 않았고, 아빠도 가겠다고 나서지 않았다. 그날 이후로 나는 생선 비린내에 유난히 집착했다. 나도 모르게 놀리는 애들 편에 서서 아빠를 배반한 것이다. 그리고 이젠 내가 아빠 마음을 아프게 한다.

"애들이 아빠한테서 생선 비린내가 난다고 말해서요..."

아빠는 아무 말 없이 오래도록 나를 바라보았다. 아빠의 눈 속에서 슬픔과 실망이 느껴졌다. 눈길이 사람을 이렇게 아프게 할 수 있는지 여태 알지 못했다. 아빠는 한마디 말도 없이 뒤돌아서 방을 나갔다. 이번에는 내가 아빠에게 따귀를 날린 느낌이다. 살면서 이렇게 내가 부끄러웠던 적이 없었다. 아빠에게 달려가 용서를 빌고 얼마나 미안한지 말하고 싶었다. 애들이 놀린다는 건 사실이 아니라고 말하고 싶었다. 그런데 몸이 꼼짝하지 않았다. 나는 마치 사지가 마비된 사람처럼, 모래 늪에 빠진 사람처럼 내 수치심 속으로 빠져들었다. 나는 아이들과 한패가 되어 그 잔인하고 어리석은 놀이에 가담해서 아빠를 아프게 했다. 그때 나는 어렸고, 여덟 살이었지만, 이젠 나이를 핑계로 내세울 수가 없다. 지금은 열다섯 살이 넘었는데도 남의 눈길을 아직도 겁낸다. 참 똑똑지 못하다. 개성은 어쩌고!

블로그에 글을 쓰고 싶은 욕구마저 사라졌다. 스트로마에고 사진 합성이고 모든 게 갑자기 하찮아 보였다. 그래서 나는 속죄하기 위해 텍스트 분석에 몰두하기로 마음먹었다. 만회할 길은 그것뿐이다. 신중한 모습으로 아빠에게 내가 아직 아빠의 사랑스러운 딸이라는 것을 보여주는 거다. 좋은 성적을 받는 것이 아빠의 눈에 흡족

한 딸이 되는 최고의 수단이다. 그리고 나야 용서를 구할 수 있을 것 같다.

리브가 저녁 먹으라고 나를 부르러 왔다. 나는 배도 고프지 않고 먹을 시간도 없다고 대답했다. 이번만큼은 부모님도 더 권하지 않았다. 세 사람이 이야기하며 웃는 소리가 들려왔다. 나도 한데 어울려 리브의 농담을 듣고 싶지만, 나는 아빠 얼굴에 그 끔찍한 말을 던진 딸이다. 나는 잊혀야 할 존재다. 이제 나는 식탁에서 꼭 필요한 존재가 아니다. 나는 빠져도 괜찮다. 오히려 내가 안 보일수록 모두들 더 잘 지낸다. 그래, 아픈 곳을 눌러 더 아프게 만든 게 나다. 얼마나 아픈지는 아무도 모른다. 아빠의 눈빛이 머리에서 떠나지 않았다.

조금 후에 엄마가 샌드위치를 가져왔는데, 허겁지겁 집어삼키고 싶었다. 몹시 배가 고팠다. 내 위는 조금 더 왼쪽에 있는 내 심장에서 무슨 일이 일어났는지 못 느꼈나 보다.

"자, 이거 먹고 해."

"고마워요."

나는 말없이 먹었다. 배가 고팠지만 목이 메어 삼키기가 힘들었다. 굵은 눈물이 눈에 맺혔다.

"아빠가 아직 저를 원망하시죠?"

"어떨 것 같니?"

나는 울지 않으려고 샌드위치를 꽉 깨물었다.

"죄송해요."

나는 고개를 떨구며 샌드위치를 문 채 웅얼거렸다.

"그 말은 나한테 할 게 아니지."

엄마가 조용히 말했다.

"알아요."

"그럼, 얼른 끝내렴. 시간이 늦어서 네 동생도 자야지."

"제가 보러 가도 될까요?"

"누굴?"

"아빠요..."

"물론이지. 보러 가도 되고말고. 레아, 무슨 일이 있어도 넌 우리한테 말할 수 있어. 우린 네 부모고, 널 사랑해."

이 말에 울음이 터졌다. 내 작은 마음에는 너무도 큰 사랑이다. 그 사랑에는 버틸 수가 없다. 나 자신이 너무도 원망스러웠다. 어떻게 그렇게 어리석고 잔인하게 행동할 수 있었을까? 엄마가 나를 품에 안아주었다. 그때 리브가 우리 곁으로 왔다.

"언니 왜 울어?"

"아무것도 아냐. 그냥 너무 피곤해서 그래."

나는 눈물을 닦으며 말했다. 틀린 말도 아니었다.

나는 큰 아기처럼 훌쩍이며 거실로 아빠를 보러 갔다. 아빠가 나를 처다보았다. 빨개진 내 눈과 코를 보고 아빠 마음이 누그러지는 게 보였지만 아빠는 내가 사과하길 기다렸다. 나는 아무 생각 없이 물에 몸을 던지듯 말 그대로 아빠 품에 몸을 던지며 말했다.

"아빠 미안해요! 미안해요, 아빠를 아프게 하고 싶지 않았는데, 바보 같고 못된 말을 했어요."

"다, 끝난 일이야. 괜찮아. 늦었으니 가서 자거라."

아빠는 나를 용서했지만, 이미 저질러진 건 저질러진 거였다.

그날 밤, 나는 격한 감정에 지쳐서 들쥐처럼 깊이 잠들었다. 요사이 감정이 널을 뛴 건 사실이다! 그러나 적어도 나는 안다. 내가 무슨 짓을 하건 부모님의 사랑은 변치 않을 것이며, 그 사랑의 소리를 듣는 것이 얼마나 마음을 따뜻하게 하는지!

12

나는 눈이 퉁퉁 부은 채 잠에서 깨면서 많은 걸 결심했다. 우선 신중하게 행동하기로 결심했다. 흔들리지 말 것! 집중력을 잃지 말 것! 나는 텍스트 분석 숙제를 제출했고, 모든 수업에 주의를 기울였다. 그리고 엘리오트를 쳐다보지 않으려고 무진장 애썼다. 그는 여전히 멋있었다. 잘 빠진 청바지 핏, 브라질 에코 브랜드의 스타일리시한 운동화, 눈동자를 돋보이게 하는 블루마린 색 스웨터, 오늘 그의 옷차림은 정말 내 마음에 쏙 들었다. 그는 내 마음을 홀릴 모든 걸 갖췄다. 그도 나처럼 주변의 관심을 느끼고 자기 옷차림에 관심이 많다. 그는 그저 완벽하다. 그가 신느와 댓글을 주고받기 전까지는 나는 그에게 그다지 관심을 기울이지 않았다. 아니 그게 아니라, 도저히 범접할 수 없는 존재라 그를 쳐다보지 않으려 애썼다. 그러나 그가 나한테(신느한테라는 거, 압니다 알아…) 반한 걸 알게 된 뒤로 나는 들떠 있다. 사실을 고백하자면, 나는 그를 여러 각도로 살펴본다. 물론 맹세컨대, 어디까지나 수업을 들으면서 살핀다. 내 과오를 바로 잡자면 좋은 성적을 받아야 한다. 게다가 오늘 저녁엔 엄마 세탁소에 들르기로 약속했다. 아침 먹을 때 엄마가 또 샤넬 드레스 얘기를 꺼냈다. 엄마는 패션에 관심을 가지려고 애쓴다. 최소한 이 배려에는 보답해야 한다. 블로그에 곧 몰두하겠다고 예고해놓고는 요즘 신느를 너무 방치했다. 그녀의 팬들을 실망시켜서는 안 되는데. 엘리오트에게도 대답해야 한다. 스트로마에와 신느의 합성사진을 만들고 이벤트를 취소할 변명거리를 찾아야 한다. 이젠 장난이 아니다.

이런 생각들을 하느라 하루가 엄청 빨리 지나갔다. 그리고 오늘은 학교에서 평소보다 일찍 나와 혼자서 엄마를 보러 나섰다. 리브는 힙합 수업에 갔다. 엄마의 세탁소가 시내 한가운데 있어서 나는 시간을 허비하지 않으려고 셔틀버스를 탔다. 내 스케줄은 나노 단위로 쪼개져 있다! 다른 세상 다른 삶에서 나는 운전수가 딸린 자동차가 있지만, 현실에서는 대중교통을 이용한다. 새 컴퓨터와 새 전화기를 갖기도 어려운데 스쿠터를 가지려면 멀어도 한참 멀었다! 다행히 세탁소는 세 정거장밖에 떨어져 있지 않다.

엄마는 작업대 뒤에 서서 내가 들어오는 걸 보고 환한 미소로 맞아주었다. 나를 봐서 행복해하는 게 눈에 보였다. 나도 그랬다!

"아, 딸내미! 네가 오니 정말 좋구나."

엄마의 세탁소 안은 언제나 무지 더웠다. 엄마가 그 질식할 것 같은 냄새와 몸에 안 좋은 증기 속에서 온종일 어떻게 보내는지는 알지 못하지만 집에 돌아올 때 왜 지쳐 있는지는 이해하겠다... 하루 종일 생선 가게의 추위 속에서 보내는 아빠가 생각났다. 결국 두 사람이 서로를 선택한 건 우연이 아닌가 보다. 음과 양처럼 대단히 상호 보완적이다!

"간식 먹었어?"

"엄마, 나 다섯 살 아니거든요..."

"그래, 그래. 네가 오니 기분 좋구나. 너를 너무 오래 기다리게 할 순 없지. 그 드레스 보여줄게."

엄마의 그런 모습은 귀여워 보였다. 나는 엄마의 드레스를 보면 "오!"와 "아!" 따위의 감탄사를 연발하고는 얼른 떠날 생각이었다. 신느가 나를 기다리니까!

엄마가 커버 씌운 세탁물 하나를 가지고 돌아왔다. 마치 소중한 보물처럼 조심스레 들고 왔다.

"아주 조심해야 해. 약하고 섬세해. 게다가 하나밖에 없는 거야."

엄마가 커버를 벗겼다. 먼저 흰 레이스가 보였다. 그러더니 지금 껏 한 번도 본 적 없는 예쁘고, 멋지고, 죽여주는(진짜!!) 드레스가 눈앞에 떡 나타났다. 우아하면서 섹시한 드레스였다. 상체는 은실로 된, 내가 좋아하는 뷔스티에 형태였고, 하체는 살짝 베이지색이 감도는 얇은 흰색 망사를 겹겹이 겹쳐 독특하게 만든, 약간 풍성한 원피스였다. 말 그대로 숭고한 드레스였다! 빈티지 드레스라기엔 아주 모던했다... 완전 깜놀했다. 스타의 드레스 같았다! 샤넬은 시간을 초월한다!

"와우!!! 엄마, 이 드레스 너무 예뻐요!"

나를 바라보는 엄마 얼굴에 미소가 활짝 피어났다.

"그렇지? 내가 꼭 오라고 한 거 잘했지?"

엄마가 얼굴을 반짝이며 물었다.

"입어봐도 돼요?"

"안 돼!"

엄마는 즉각 드레스를 내 손에 닿지 않게 치우며 대답했다. 완전 실망이다! 도무지 이해할 수 없다. 입어볼 수도 없는 드레스를 왜 나한테 보여주는 거지? 게다가 딱 내 사이즈인데. 엄마가 나를 놀리려는 거라면 그 이유를 모르겠다. 리브를 세상에서 가장 맛있는 빵집에 데려가서 맛있어 보이는 케이크들을 그냥 '감상'하게만 하는 것이나 다를 게 없다. 이건 그야말로 고문이다! 엄마가 이런 고약한 짓을 하시다니! 왜 나한테?

"엄마! 딱 한 번만요!"

"레아, 왜 그러니? 너 이해 못 한 모양인데, 이건 하나밖에 없는 물건이야. **진짜** 샤넬 드레스인데 내 것이 아니라 손님 거야. 이 드레스가 있어야 할 자리는 박물관이야. 값을 매기자면 엄청날 텐데 행여 망가뜨리기라도 하면 어쩔 거야? 이 드레스가 얼마나 약한지 모르겠네."

"그렇지만 정말 정말 조심할 거란 말이에요! 보세요, 딱 내 사이즈잖아요!"

"안 돼, 절대 안 된다니까!"

내가 엄마 손에서 드레스를 빼앗을까 봐 겁나는지 엄마는 드레스를 바로 커버 속에 집어넣었다. 공연은 끝났으니 그만 가보세요. 이제 볼 건 아무것도 없어요, 하는 식이었다. 실망을 감출 수가 없었다.

"계속 뿌루퉁할 거야?"

"아뇨. 그렇지만 정말 실망했어요! 수업 끝나고 오라 해서 여기까지 돌아서 왔는데 드레스를 겨우 5초 동안 보여주고, 그걸 만질 수도 입어볼 수도 없다 하시니 말이에요! 제가 다섯 살도 아니고 옷을 찢을 것도 아닌데! 이럴 줄 알았다면 겨우 이거 보러 오지 말걸 그랬어요."

"레아, 애처럼 굴지 마라!"

"그럼 저를 애처럼 대하지 마세요!"

"그래, **미안하게도** 코코 샤넬이 디자인한 컬렉션 작품을 너한테 보여주고 싶어 한 내 잘못이구나. 이렇게 될 줄 몰랐어."

이제는 엄마가 버럭 화를 냈다.

"그런데 그거 누구 거예요?"

"벌써 백 번도 더 말했잖니. 아주 상냥한 귀부인 거라고. 샤넬 작업실에서 일했대. 젊은 시절 재봉사였을 때 직접 만들었는데 기적적으로 지금까지 간직할 수 있었대. 그런데 몇 년 전부터 옷 커버에서 꺼내본 적이 없었다는 거야. 이 옷에 다시 생기를 불어넣으려고 영광스럽게도 나한테 맡겨준 거지."

"엄마는 그냥 세탁한 거잖아요."

나는 퉁명스레 대답했다. 엄마 표정을 보니 나 때문에 화가 난 게 분명해 보였다. 둘 다 화가 났으니 꼴좋게 됐다.

"고마워요, 엄마. 심심한 건 아니지만 저는 집에 갈래요. 여기선 이제 할 일도 없고, 집에 가서 공부나 해야죠."

"그래, 이따 보자! 리브는 마농과 같이 집에 오니?"

"네. 이따 봬요, 엄마!"

24시간도 안 되는 사이에 나는 아빠와 엄마에게 상처를 입히고 말았다! 내가 착한 마음을 먹었으니 그나마 이 정도지 안 그랬으면 어쩔 뻔했나! 그렇지만 너무 실망해서 진짜 화가 났다. 그건 일생에 단 한 번 만날까 말까 한 그런 드레스였다. 한 가지만큼은 엄마가 옳았다. 그것이 부유한 뉴욕의 고객을 위해 디자인한 진짜 컬렉션 작품이라는 것, 그것이 아장에, 엄마의 세탁소에 오게 된 건 기적이라는 것! 이건 신호가 분명해! 그 드레스는 당연히 나를 위해 만들어진 거야! 그걸 입어볼 수만 있다면 뭐라도 내놓겠어... 꼭 신데렐라가 된 기분이다! 무슨 수를 써서라도 엄마를 설득해서 입어봐야겠다. 한 번, 딱 한 번만이라도! 엘리오트가 그 드레스를 입은 나를 본다면 신느를 잊어버리게 될 거라는 확신이 든다! 좋아, 오늘 저녁에 엄마를 구슬리려면 무얼 해야 하는지 난 안다. 식탁을 차리고 엄마가 돌아올 시간에 목욕물을 받아놓는 거야. 아, 부모님을 대하는 게 늘 쉬운 건 아니야! ㅋㅋ!

일단 집에 돌아온 나는 혼자 있는 시간을 만끽했다. 정말 드문 시간이다! 나를 방해하거나 성가시게 굴거나 주변을 맴돌고 감시하거나 질문하거나 간지럽힐 사람이 아무도 없다. 집에는 오직 나 혼자뿐이다! 아, 행복해! "타인은 지옥이다"라고 사르트르가 말했다지?

나는 얼른 컴퓨터를 켰다. 신느의 블로그에 몰두할 시간이 두 시간 정도 있다. 비행기 안이나 공항에 있는 스트로마에 사진을 찾아야 한다. 그런 다음 포토샵의 마술과 탁월한 설득의 재능을 발휘하면 신느와 스트로마에는 뉴욕행 비행기에서 세상 둘도 없는 절친이 될 것이다! 사진을 일부러 살짝 흐리게 해서 "이런, 퍼스트 클래스를 타도 비행기가 흔들리는군요!"라고 말할 작정이다. '진짜'처럼 보이게 살짝만 매만져주면 설득력을 갖게 된다. 진실은 디테일에 있다. 이따금 나는 배우들을 무대에 올리는 감독이 된 느낌이 든다. 또 어떤 때는 가상 인물들을 통해 꿈속 삶을 사는 가련한 허언증 환자 같기도 하다! 어쨌든 너무 깊이 생각하는 건 정신 건강에 안 좋다.

한 가지 확실한 건 내가 기적을 만들어낸다는 사실이다. 포토샵이 시험 과목이 아니라는 게 안타깝다! 그랬다면 내가 최고 점수를 받을 텐데!

'뽀샵질' 결과는 나쁘지 않았다. 두 사람 모두 아름답고, 웃는 얼굴이다. 그걸 보니 오직 한 가지 마음, 그들 곁에서 여행하고픈 마음뿐이다!

이제 엎어진 이벤트에 대한 그럴싸한 변명을 찾아야 한다.

짐을 도둑맞았다는 거짓말은 이미 써먹었다. "정말 부끄러운 일이에요, **어쩌고저쩌고**. 대체 세상이 어떻게 되어가는 거죠?" 등등. 효과적이고 신뢰가 가는 변명이지만 이미 써먹었다. 정 생각이 안 나면 마지막에 써먹어야 할 수법이다. 자, 레아, 네가 뻥의 여왕임을 증명해봐!

됐다, 찾았다! 완벽해! 자랑할 생각은 없지만 정말이지 나는 천재적이야.

사랑하는 친구들,

나쁜 소식이 있어요. 몇 달 전부터 줄기차게 저를 쫓아다녀서 결국 제가 계약했던 브랜드 기억나시죠? 여러분에게 멋진 선물을 안길 기회를 주기로 되어 있던 그 유명 브랜드 말예요. 그 브랜드(이름을 밝히고 싶진 않아요. 홍보가 될 수도 있으니까요)가 '진짜 동물 털'로 모피 옷을 만든다는 걸 알게 되었어요. 제가 동물을 얼마나 사랑하는지 아시죠! 패션은 재료에서 많은 발전을 이루어서 일부 디자이너들(이자벨 마랑 등등)은 진짜보다 더 자연스러운 합성 모피로 멋진 작품을 만들지요! 그런데 동물 없이도 만들 수 있는데 왜 동물들을 계속 죽일까요?(그것도 그렇게나 잔인하게 말이죠.) 제가 믿는 가치들이 이번 계약과 모순된다는 걸 여러분도 짐작하시죠? 패션을 좋아하지만 양심을 탈의실에 맡기면서까지 그럴 순 없죠! 따라서 저는 그 브랜드와 계약을 파기했어요. 실망하진 마세요. 여러분이 경품을 탈 기회는 다시 약속할게요. 이런 가증스러운 범죄에 여러분을 가담시키고 싶진 않아요! 이렇게 비양심적인 사람들과 여러분을 연루시키기엔 제가 여러분을 너무 사랑하니까요! 제가 분위기를 깼다면 정말 미안해요, 친구들. 그러나 나 몰라라 할 수 없는 싸움이 있지요! 패션을 좋아하지만 저도 디자이너 스텔라 맥카시처럼 어디까지나 자연과 환경을 존중하면서 좋아하지요! 모두에게 하트를 날리며, 곧 또 만나길 기대해요. 한 화장품 브랜드(이번에는 공정한 에코 브랜드)가 제품을 테스트해달라고 부탁해왔어요. 곧 얘기 들려드릴게요.

파리에서 하트를 날리며,

♥ 신느

됐다! 이 정도면 콘크리트로 바른 변명이다. 게다가 내 팬들이 패선 윤리에도 관심을 갖게 만들고. 스스로도 흡족하다. 이런 이유라면 누구도 감히 나를 비난하지 않을 것이다! 내 팬들이 더 알고 싶어 한다면 지구를 위해 행동하는 브랜드 목록을 제공할 테다. 불행히도 현실은 내 최악의 거짓말보다 훨씬 더 슬프다. 개와 고양이들이 수천 마리씩 학살당해 벨트로 만들어진다. 이거야말로 견디기 힘든 현실이다.

댓글들을 살피는데 한 댓글이 내 관심을 끌었다. 내가 잘못 읽은 건 아닐까. 이게 실화냐! 너무 멋져서 사실이라고 믿기 힘들다! 단어 하나하나를 내 뇌에 잘 주입하기 위해 리브가 하듯이 또박또박, 음절 하나하나를 큰 소리로 다시 읽었다. 내가 제대로 읽은 게 맞다! 좋아. 일단 심호흡을 좀 해야겠어. 엄청난 일이, 어마무시한 일이 일어났다. 이건 축복이다. 아니 기적이다!

방금 읽은 걸 내가 제대로 이해한 거라면 나는 파리에서 열리는 패션쇼에 초대받았다. 꺄아아아악! 나는 방 안에서 히스테리 환자처럼 비명을 질렀다. 아무도 없어서 천만다행이다! 물개처럼 소리 지르며 캥거루처럼 펄쩍 뛰는 나를 엄마가 봤으면 왜 저러나 했을 거다. 아니다, 지금 내가 무언극을 하는 게 아니다. 행복에 겨워 폭발하는 것뿐이다!

제롬 륄리에 스태프 친애하는 신느, 우리는 당신의 블로그를 지대한 관심을 갖고 지켜봤어요. 당신은 그저 패션을 얘기하는 게 아니라 제대로 이해하는 군요. 당신의 열정과 언제나 창의적인 행보에 우리는 매료되었어요. 다음 주에 파리 루브르 카루젤에서 열리는 우리의 패션쇼에 당신이 참석해주신다면 영으악. 내 생애 첫 패션쇼 초대라니! 나의 '진짜' 첫 패션쇼 말이다! 기절할 것만 같다. 정말이지 대박 사건이다! 내가 패션에 대해 말하는 걸 보고 나한테 재능이 있다고 생각했다니. 행복해서 울고 싶을 지경이다. 신느가 실제로 존재하진 않지만 그녀를 살게 하는 건 나다. 그녀에게 나는 온 마음과 영혼까지 담았다... 행복해라! 제롬 릴리에처럼 이름난 전문 스타일리스트 팀의 눈에 띄었다니 나 자신이 자랑스럽다! 그 스타일리스트의 작품들을 엄청 좋아하는데, 가까이서 그의 작업을 감상할 수 있도록 초대받는 특혜를 누리다니! 그리고 혹시 아나? 어쩌면 그를 만날 수 있을지도?

어떻게 해야 하지?

안 돼, 당근 안 되지. 거기 안 갈 수는 없어! 이 꿈을 포기할 수는 없어!

그렇지만 어떻게 하지? 초대받은 건 신느지 나, 레아가 아니다.(아무리 우리가 한 사람일지라도.) 그리고 내 블로그에서 신느는 스물두 살 성년이고 자립했으며, 키도 크고, 부자이며 파리에 산다! 그런데 레아는 아장의 고등학교 여학생인 데다, 자기 용돈을 벌 권리조차 없다... 이런, 이젠 내 얘기를 3인칭으로 하네. 갈수록 못 봐주겠어. 점점 진상이야! 게다가 패션쇼가 주중이라, 정확히 말해 다음 주 수요일이라, 주말 동안 파리에 다녀오겠다고 이야기해볼 수도 없다.

그러면 어떻게 하지?

우선 그들에게 대답부터 하고 나중에 생각하자. 나는 기뻐서 폭발할 것만 같고, 핀볼 게임의 공만큼이나 팽팽히 긴장했다! 너무 좋다! 이렇게 살아 있다고 느끼는 경우는 정말 드물다. 내 인생이 이토록 근사해 보인 적이 없었다! 엘리오트와 내 팬들, 그리고 이 초대 사이에서 나는 미치도록 행복하다! 이 블로그는 좋은 소식만 가져다준다! 아장에 마침내 뭔가 일어나고 있다! ㅋㅋ

신느 마음을 울리는 찬사와 초대에 깊이 감사드립니다. 제 스케줄을 확인하고 돌아올게요.

"스케줄을 확인하고"라니, 구라 쩐다! 기왕 뺑치는 김에 "제 개인 비서한테 물어보고"라고 하시지? ㅋㅋ 내 스케줄은 벌써 확인했다! 가고 싶다. 부모님을 속이고 위험을 무릅쓰는 일이 되더라도 할 수 없다. 내게 온 이런 꿈의 기회를 날릴 수는 없다. 드레스와 마찬가지로 이것도 하나의 신호다! 게다가 생각하면 할수록 명명백백해 보인다. 나는 그 패션쇼에 갈 것이며, 그 샤넬 드레스를 입고 갈 것이다! 이것이 하늘에서 내린 도움이 아니라면 왜 이 초대를 받기 직전에 그 드레스를 내게 보여주었겠어? 내 인생이 들썩이는 느낌이 든다. 어제는 꿈의 그림자처럼 보였던 것이 오늘은 현실로 변하고 있다! 그래, 나님 레아는, 아니 신느는 파리의 패션쇼에 초대받았다! 이번만큼은 뺑이 아니다!

아직 며칠 여유가 있으니 파리 여행을 준비할 시간이 된다. 차편을 알아봐서 표를 끊고, 샤넬 드레스를 손에 넣고, 신느를 닮도록 나를 꾸미면 된다. 물론 부모님 의심을 사지 않고 이 모든 걸 해야 한다. 그 정도는 쉽다! 엄마 아빠 대답은 물어볼 것도 없이 이미 안다. **안 돼!**

부모님 대답이야 늘 간단하다. **안 돼!**

새 컴퓨터를 사달라고 해도 **안 돼**, 새 전화기도 **안 돼**, 베이비시터를 하겠다 해도 **안 돼**, 샤넬 원피스 좀 입어보겠다 해도 **안 돼!** 적어도 일관성은 있네!

나는 "**돼**"라고 대답할 거다. 두 분이 동의하지 않아도 할 수 없다! 난 거의 열여섯 살이니까(여덟 달 후이긴 해도) 내 앞에 나타난 기회를 알아볼 만큼은 다 컸다. 신데렐라가 계모 뜻에 따라 무도회에 가는 걸 포기했나? 아니다. 신데렐라는 기를 쓰고 무도회에 갔다. 좋았어, 내가 신데렐라도 아니고, 우리 엄마가 못된 계모도 아니지만... 좌우지간!(농담!) 하지만 신데렐라처럼 내게도 꿈이 있다. 멋진 패션계 인물이 되는 꿈이다. 내가 조금(아주 쬐끔!) 거짓말을 했다는 이유로 그 꿈을 포기해야 할까? 절대 아니다!

누구보다 내게 꿈을 위해 싸워야 한다고 말한 사람이 아빠다. 나는 그렇게 할 것이다! 파리야 기다려라! 내가 간다!

"레아?"

이크! 나 혼자 있는 게 아닌가 봐!

엄마가 내 방으로 들어와서 반쯤은 걱정하고, 반쯤은 의심하는 눈초리로 바라보았다.

"괜찮아? 너 혼자니?"

엄마가 이상한 표정으로 물었다.

"네, 왜요?"

"현관에 들어오는데 네가 미친 사람처럼 소리 지르는 게 들려서. 무슨 일이 있나 했지."

"제가요?"

"그래, 네가."

"아... 아하... 제가 『여학자들』*을 연습했어요. 연기를 한 거죠."

"몰리에르가 너한테 그런 효과를 내다니 기쁘구나!"

나는 천진한 미소를 지으며 엄마를 바라보았다. 누구도 나보다 위선적일 순 없을 거다.

"뭐 그럼... 너 공부하도록 나는 나갈까?"

열심인 척하는 내 모습에 엄마는 의아한 표정으로 대답했다.

"네, 고마워요! 조용할 때 집중 좀 할게요. 곧 리브가 올 텐데..."

"좋아. 난 빨래나 널어야겠다."

"아녜요, 놔두세요! 제가 할게요."

나는 의자에서 벌떡 일어서며 말했다. 어이쿠, 근데 이건 너무 오버다. 엄마가 내 머릿속에 무슨 꿍꿍이가 들었나 살피는 눈길로 나를 쳐다보았지만 나는 집안일을 거드는 것이 습관이라도 되는 양, 빨래를 너는 것이 내 일인 양, 그것이 취미를 넘어 열정이라도 되는 양 엄마를 바라보았다!

엄마가 절대적으로 반대할 뭔가 대단히 심각한 일을 꾸민다는 인상은 풍기지 말아야 한다. 반항의 기차는 출발했고, 나는 이미 일등

---

*프랑스의 극작가 몰리에르의 5막 운문 희극이다.

칸 편도 차표를 끊었다. 엄마가 아무것도 의심하지 않도록 모든 걸 말끔히 처리해야 한다.

엄마가 마침내 고마움을 표시했다.

"그럼 말리지 않을게. 난 너무 기진맥진해서! 조금 쉴게. 고마워, 내 딸."

13

생각을 하는 데 빨래를 너는 일만큼 좋은 게 없다! 이 일을 좀 더 자주 해야겠다. 나는 머릿속으로 다음 주 수요일에 파리로 가기 위해 해야 할 일의 목록을 작성해보았다. 차편을 알아보고, 차표값을 지불할 방법과 외박할 좋은 구실을 찾아야 한다! 하루에 왕복할 시간은 절대 안 될 거다. 아장에서 파리까지는 기차로 네 시간이나 걸린다. 비행기를 타는 것도 불가능하다. 부모님 의심을 사지 않고 아는 사람 하나 없는 파리에서 잠잘 곳을 찾고, 엄마 몰래 샤넬 드레스를 빌리고, 이 모든 걸 지불할 방법을 찾아내야 한다. 아고! 현기증 난다! 넘어야 할 장벽이 높아도 너무 높은 것 같다! 어떻게 할지에 대해서는 아무 생각이 안 떠오르지만 내 결심이 콘크리트를 세 겹 바른 것만큼이나 확고하다는 건 자신한다!

이 모든 일 때문에 무지막지하게 흥분되고 불안해지는 게 사실이다. 내일 제출해야 할 스탕달 텍스트 분석을 하는 것과는 완전 다른 느낌이다. 동시에, 내가 이 꿈을 포기한다면 앞으로 거울 속 나를 쳐다보지 못할 거라는 느낌이 든다. 첫 번째 장애물에서 바로 기가 꺾여, 겁쟁이 중 겁쟁이가 되어 패션쇼에도 못 간 사람이 된 기분이 들 것이다. 영원히 시골에서 침울한 인생을 살도록 언도받은 느낌이 들 것이다. 이 초대는 일생일대 기회이니 반드시 붙잡아야 한다! 너무 고민하지 말고 단계별로 일을 처리하는 편이 낫다! **스텝 바이 스텝!** 먼저 대답부터 하자. 그러고 나서 운명에 맡기는 수밖에!

"다 했어요, 엄마. 빨래 널었어요. 목욕물 좀 받을까요?"

"고마워! 웬일이니? 너 어디 아프니? 열 있어?"

엄마가 놀란 얼굴로 물었다. 헐, 헐, 헐. 이런 소린 또 처음 듣네!

"아, 정말. 제가 엄마를 돕는 게 처음은 아니잖아요!"

나는 거리낄 게 하나도 없는 사람처럼 어느 때보다 위선적으로 대답했다.

"그래! 우리 딸이 마음 써주니 고맙구나. 네가 이리 열심인데 나쁠 건 없지! 기쁘게 목욕하마. 좋은 생각이야! 내 발이 너한테 고맙다고 전해달래!"

나는 눈물을 감추려고 일부러 미소를 지어 보였다. 나는 부끄러웠다. 정말 부끄러웠다. 나는 음흉하고, 정말이지 자격 미달인 딸이다. 엄마 등에 칼을 꽂는 느낌이다. 엄마가 목욕물에 거품을 풀고 욕조에서 편안히 쉬는 동안 나는 엄마 신용카드를 빌렸다. 안다. 나쁜 짓인 거. 완전 나쁜 짓인 거. 떳떳하진 않다. 양심의 가책 때문에 마음이 아프다. 그러나 이건 두 번 다시 없을 황금 같은 기회다. 파리행 기차표를 살 때다! 패션쇼는 다음 주 수요일 15시에 있을 예정이니 아침에 기차를 타면 된다. 루이종네 집에서 잔다고 말하고 파리에서 밤을 보내면 될 것이다. 그리고 이튿날 아침에 돌아와서 점심시간 이후 수업에 들어갈 것이다.

나는 손을 벌벌 떨며 포스트잇에 카드 번호를 적고는 카드를 엄마 가방 속에 다시 집어넣었다. 달리 해결 방법이 없다. 깊이 고심해봤는데, 인터넷으로 기차표를 사는 것이 내게는 가장 간단한 방법이다. 누구도 내게 질문을 던지지 않을 테고, 나는 기차표 예매 사이트에서 날짜와 시간을 선택하고 결제용 카드 번호만 넣으면 될 것이다. 익명과 성공이 보장된다!

사랑하는 엄마, 이건 나중에 갚을게요. 제 열여섯 살 생일 선물이라고 생각할게요. 저의 첫 패션쇼를 위해 파리행 기차표를 제공하는 것보다 더 멋진 선물이 어디 있겠어요? 나중에, 몇 달 뒤나 몇 년 뒤에 엄마도 저를 이해하실 거라고, 아니 잘했다고 하실 거라고 확신해요. 자기주도성과 대담성을 보였다고 하시겠지요.

안 그래요, 엄마?

나는 속지 않는다. 나는 나한테조차 거짓말을 하고 있다. 그렇지만 인생이 내게 선택의 여지를 주지 않는 걸 어쩌나. 이러지 않으면 포기하고 단념하고 달아나야 한다.

죄책감의 무게를 덜기 위해 나는 빨래건 설거지건 청소건, 일 년 동안 엄마가 원하는 거라면 뭐든지 하고 싶다. 좋아, 한 달 동안. 그래, 일주일 동안이라도!

일을 서둘러 진행하기 위해 우선 초대에 대답하기로 결심했다. 그건 첫걸음을 내디뎌 허공에 몸을 날리는 셈이었다. 더는 뒤로 돌아갈 수 없다. 겁나는 일이면서 동시에 무지 흥분되는 일이다.

신느 헬로, 제 스케줄을 살펴보니 다음 주 수요일에 제롬 륄리에 패션쇼에 참석하겠다고 대답할 수 있겠네요. 벌써부터 즐거워요! 패션 만세! 다음 주에 만나요!

나는 행복에 겨워 킥킥댔다. 새장을 열어버리자 죄책감은 날아서 흔적 없이 사라졌다! 나는 너무도 행복했다! 일주일 후면 나는 파리에, 나의 첫 패션쇼에 있을 것이다! 했던 말을 반복한다는 걸 알지만 너무 뜻밖의 일이라 자꾸 말하게 된다. 가여운 친구들이 교실에서 얌전하게 공부를 하는 동안 나는 내 운명을 향해 달려갈 것이다! 이런 사건을 쫄깃하게 만드는 패션 기자들과 블로거들, 영향력 있는 인물들 틈에 나도 한자리를 차지하고 앉을 것이다. 내 기쁨, 행복, 자부심을 큰 소리로 외치지 못하는 게 얼마나 아쉬운지! 내게 열린 이 세계를 절친들과 나눌 수 있다면 얼마나 좋을까! 그래도 온라인 친구들이 있다는 게 얼마나 다행인지! 그들과 함께라면 나는 판단당할까 겁내지 않고 뭐든지 말할 수 있다. 그들은 나를 위해 가장 먼저 기뻐해 주는 이들이다. 아니, 신느를 위해.

하지만 할 수 없다! 상황이 이런 걸 어쩌겠어! 받아들여야지. 침울한 생각으로 내 기쁨을 망쳐서는 안 될 일이다.

나는 그 순간의 행복에 젖어서 활짝 미소를 띤 채 리브를 맞이했다. 심지어 뭘 해주겠다고 제안하기까지 했다. 늘 뭘 해달라고 내 뒤만 쫄쫄 따라다니는 애한테. 내 제안에 동생은 기뻐서 펄쩍 뛰었다. 진짜 염소처럼!

남은 저녁 시간은 꿈속처럼 흘러갔다. 나는 식탁에서 말도 했고, 대화에 끼어들어 리브가 하는 농담에 웃기도 했고, 아빠에게 미소도 지었고, 엄마가 만든 볼로네즈 소스가 맛있다고 칭찬도 했다. 그렇게 이상적인 딸 연기를 했는데, 억지로 한 게 아니었다. 나는 행복했고, 그 행복한 순간을 가족도 누렸으면 싶었다. 잠시 후 식탁을 치우고 식기세척기에 그릇을 집어넣고 나서(앞으로 하려고 마음먹은 노역을 미리 시작하고) 내 방으로 갔다. 그리고 리브가 씻는 동안 기차표 예매 사이트에 접속했다. 두근거리는 심장으로 가격과 시간표를 확인하고는 수요일 오전 9시에 출발해서 목요일 첫 기차로 돌아오는 티켓을 끊었다. 찰칵, 하고 사진 찍듯이 간단했다. 리브가 잠옷 차림으로 나타났을 때 나는 소스라치게 놀랐다.

"뭐 해?"

손에 곰인형을 들고 리브가 물었다.

"아무것도 아냐. 뭘 좀 보고 있어."

"나한테 페이스북 페이지 좀 만들어줄 수 있어?"

나는 가소롭다는 얼굴로 동생을 쳐다보았다.

"네가 페이스북을?"

"응, 왜 안 돼? 내 친구들도 하는데. 언니는 없어?"

"응, 난 없어!"

리브가 놀란 눈으로 나를 쳐다보았다. 사실이다. 신느의 인스타그램과 트위터, 블로그만으로도 할 일이 많아서 페이스북은 하지 않는다! 세 가지 계정을 관리하고, 업데이트하고, 채우는 것만도 엄청

난 일이다! 내 페이스북 계정이나 트위터 계정을 따로 또 갖는다면 정신이 없을 것이다!

"왜? 언니는 그런 거에 반대야?"

"아냐, 전혀 안 그래! 특별히 얘기할 것도 없어서 그래. 아장에 많은 일이 일어나진 않잖아!"

동생은 뽀로통한 얼굴로 내 말에 동의하는 것 같았다.

"그렇지만 나는 고양이 동영상을 보고 싶단 말이야. 페이스북에는 정말 재미난 게 많아!"

"그런 거라면 페이스북이 아니라도 볼 수 있어. 네가 원한다면 유튜브에서 찾아줄게."

동생 눈이 크리스마스트리처럼 반짝였다. 왜 진작 이 생각을 못 했을까? 가르릉거리고, 귀염 떨고, 싸우거나 쫓고 쫓기다가 엉덩이로 착륙하는 새끼 고양이 동영상을 보는 것보다 더 재미난 게 또 있을까? 리브는 내 무릎 위에 올라앉았다. 깃털만큼이나 가벼웠다. 나는 동생의 머리카락 속에 코를 박고 아기용 샴푸 냄새를 맡았다. 우리는 세 번 클릭으로 살아 있는 인형 같은 고양이들의 재주를 보며 바보처럼 웃었다. 리브는 금세 눈물을 글썽였다. 우리는 뛰어오르다가 실수해서 커다란 쿠션 의자 위에 별 모양으로 떨어지는 고양이 동영상을 세 번이나 보았다. 자매들끼리 웃으니 정말 좋았다! 고개를 돌리니 아빠가 문 앞에서 우리를 보고 있었다. 아빠는 딸들이 함께 노는 걸 보고 행복한 표정을 지었다. 아빠의 장난기 어린 눈길로보아 아빠는 내가 어제 저지른 일을 이미 용서한 것 같았다. 파리로향하는 나의 탈주도 용서해주실까?

나는 가출이라기보다는 외출이라고 말하고 싶다. 사실 내가 집에서 도망가는 건 아니니까! 그저 나의 첫 번째 패션쇼에 참석하기 위해 파리에 다녀오는 것일 뿐이다. 이건 전혀 다르다. 혹시 일이 잘못되어 부모님이 알게 되더라도 그 차이를 알아주면 좋겠다. 하지만 어쩌면 부모님이 절대 알게 될 일이 없을지도? 어떻게 알겠어? 내가 두 분 몰래 음모를 꾸미는 걸 어떻게 상상이나 하겠나. 신느에 대해서도 한 번도 들어본 적이 없는데. 그러니 불안할 게 뭐 있겠어? 나는 마음을 가라앉히려고 리브의 부드러운 머리카락에 얼굴을 파묻었다. 아기 같은 냄새가 마음을 가라앉혀주었다. 동생은 나의 곰 인형인데, 후각 인형이다. 프루스트의 마들렌 같은 거다.

"자, 이제 그만 자거라!"

"아! 하나만 더 보고요, 아빠! 너무 재밌어요!"

"안 돼, 너무 늦었어."

"리브, 내일 또 보자."

이 말에 리브는 나를 꼭 끌어안았다.

"조심해, 목 졸려!"

"우리 고양이 한 마리 기르면 안 돼요? 아니면 강아지라도? 동영상을 찍어서 돈도 벌 수 있을 텐데!"

아빠와 나는 어이없는 눈길을 주고받았다.

"어휴, 그런 소리 왜 안 나오나 했네! 큰애가 안 하면 작은애가 하고! 이미 말했잖니. 고양이는 하루 종일 혼자서 뭘 하겠어?"

"아빠 말이 맞아, 리브. 동물을 기르려면 잘 돌봐야지 하루 종일 혼자 두는 건 아니지."

"내가 학교에 데려갈 텐데!"

"그래, 바롱 선생님이 너만 특별히 봐주겠구나!"

내가 놀리며 말했다.

"그래, 진짜?"

동생은 천진하게 물었다.

아빠가 리브의 이불을 정리해주는 동안 나는 책을 조금 읽기 위해 작은 등을 책상에 놓았다. 책 읽을 정신은 없었다. 내 모험이 너무 소설 같고 흥미진진해서 다른 누군가의 모험에 관심을 가질 수가 없었다. 그렇지만 아빠에게 이렇게 말하고 싶었던 거다. "저는 괜찮아요. 지금 얘기할 마음이 없어요. 리브를 방해하지 않고 책만 조금 읽다가 조용히 잘게요." 메시지는 그대로 전달되었다.

"잘 자거라. 너무 늦게까지 읽진 말고!"

"주무세요, 아빠. 고마워요!"

"잘 자, 언니! 내일도 둘이서 고양이 동영상 같이 볼 거라고 약속하지?"

"약속, 리부네트!"

"언니가 나를 그렇게 부르는 게 좋아."

"나도 알아."

내가 윙크를 날리며 말했다. 아빠는 우리에게 마지막 뽀뽀를 날리고 문을 닫았다. 나와 동생은 다정하고 평화롭고 평온한 모습을 보였다. 아빠가 알면...

나는 땀에 흠뻑 젖은 채 놀라서 잠에서 깼다. 희미한 어둠 속에서 내가 있는 곳이 어디인지 알려고 애썼다. 휴우, 악몽이었다. 악몽 속에서 아빠와 엄마가 집 열쇠를 바꿔버려 나는 집에 들어올 수가 없었다. 경찰이 나를 감방에 가두었고, 부모님은 나를 보는 것도 나와 얘기하는 것도 거부했다. 나는 절도와 거짓말을 했고, 속이고 배반했다. 부모님에게 나는 더 이상 딸이 아니었고, 내가 있어야 할 자리는 감방이었다. 나는 끔찍한 감방에 갇힌 채 울부짖었지만 누구도 내 걱정을 하지 않았다. 무서웠다.

나는 물을 한 잔 가지러 갔다. 악몽 속 감방과는 달리 포근한 고치 같은 거실에서 정신을 가다듬었다. 누구를 깨울까 봐 차마 불도 켜지 못했다. 어둠 속에서 나는 한동안 주저했다. 머릿속에서 온갖 생각이 뒤죽박죽 떠올랐다. 내가 겨우 패션쇼 때문에 내 가족, 내 부모님과 등지려 하는 걸까? 일생일대의(아직 그리 오래 산 건 아니지만) 어리석은 짓을 저지르는 건 아닐까? 아직 돌이킬 시간은 있다. 여기저기서 초대를 받는 신느가 마지막 순간에 참석을 취소해도 그리 놀랄 일은 아닐 것이다.

그러나 악몽이 사라지자 다시 욕망이 되살아났다. 별것 아닌 일탈을 내가 엄청난 일처럼 만들려는 건 아닐까? 사건을 극적으로 만들려는 건 아닐까? 그래. 엄마의 카드를 훔친 건 나쁜 짓이다. 아주 나쁜 짓이다. 그렇지만 내가 용돈을 벌 수 있도록 부모님이 허락해주면 될 일이다. 게다가 부모님 돈은 조금은 내 돈이기도 하지 않나? 태어난 뒤로 나도 내내 그 돈을 썼는데, 이번이라고 못 쓸 게 뭐 있나? 이건 단순한 변덕이나 청소년기의 일시적 몰입이 아니라 오래전부터 나를 사로잡은 열정을 위한 일이다. 나중에 백배로 갚을 수 있을 것이다! 이건 내 미래가 걸린 일이다! 어쨌든, 내가 진짜 이름인 레아 밀레르로 유명한 스타일리스트가 되면 부모님도 자랑스러워하실 것이다. 그때가 되면 어쩌면 흐뭇하게 웃으며 내 일탈 에피소드를 떠올리지 않을까? 어쩌면 이 일이 내 개인적 전설의 일부가 될지도...

또 오버하네. 나처럼 대단한 몽상가조차 믿기 힘들 이야기가 되어가잖아. 나는 자신감을 조금 되찾고 침대로 돌아갔다. 지금은 망설일 때가 아니라 잘 때다. 온갖 생각을 하느라 지쳤다. 이젠 한 가지만 바랄 뿐이다. 꿈의 신 모르페우스의 품속에 빠져드는 것. 나는 죄책감을 덜게 되길 희망하며 두 손을 깍지 꼈다. 반쯤 잠든 것 같은데도 정신은 말짱했다. 내가 떠올린 온갖 그럴싸한 말들은 오직 한 가지 목표를 겨냥한 것이었다. 내 죄책감을 잠재우려는 것! 나는 임무를 달성하고 가벼워진 마음으로 눈을 감았다.

14

"정신 차려! 일어나!"

엄마가 비몽사몽인 내 눈앞에 오렌지 주스 잔을 흔들며 나를 깨웠다. 밤잠을 설친 나는 정신을 차릴 수가 없었다. 그럭저럭 두 팔로 버티며 몸은 일으켰지만 한 가지 욕구뿐이었다. 따뜻한 이불 속에 도로 들어가는 것. 일어날 용기가 나지 않았다. 제발 내가 마모트로 변했으면, 당장!

"오늘 아침엔 왜 그래? 또 늦게 잤어?"

"아뇨... 그게 아니라, 잠을 제대로 못 잤어요."

"저런, 그래도 일어나야지. 자, 주스 좀 마셔. 그럼 정신이 좀 들 거야!"

내 입은 새콤한 주스에 긍정적으로 반응했지만 눈은 뜨고 있기가 힘들었다! 나는 긴 동면을 끝낸 곰처럼 하품했다. 내 입김 냄새를 맡아보니 얼른 이를 닦으러 가야 할 것 같았다.

부엌에서 리브가 구겨진 내 얼굴을 보더니 의자 아래로 다리를 세차게 흔들며 재밌어했다. 그 애는 아침을 먹을 때조차 가만히 있지 못했다. 어려서 좋겠어. 나는 손짓으로 인사를 하고 아무 말 없이 샤워하러 갔다. 다른 날보다 힘든 이런 아침이 있다. 따뜻한 물로 샤워를 하고 나니 짙은 안개에서 조금 벗어난 기분이 들었다.

"너 늦겠다."

아빠가 말했다.

"아빠가 좀 태워다주실래요?"

아빠가 놀란 얼굴로 나를 쳐다보았다.

"정말?"

나는 웃어 보였다.

"네. 아니면 그냥 늦어요?"

장난기 어린 내 표정을 아빠도 보았다.

"그럼 10분 안에 준비해."

아빠가 아무렇지도 않은 듯 대답했다. 10분 안에 머리를 말리고 옷을 입으려면 엄청난 도전이 되겠지만 나는 응할 준비가 되었다. 어쩔 수 없다. 모자를 써야겠다! 스케이트보더처럼 보이겠지만 엘리오트의 마음에는 들겠네!

"난 준비 다 됐어!"

벌써 외투를 입고 가방까지 맨 리브가 말했다. 리브는 머리 빗는 단계를 건너뛴 것이다. 나는 동생에게 머리카락이 완전히 엉켰다는 말은 하지 않았다. 좋은 기분을 망치게 될까 봐.

8분 뒤 나는 딸기잼 바른 빵을 입안 가득 문 채 아빠의 영업용 트럭에 올랐다. 오늘 아침엔 이 모든 게 중요하지 않았다! 나는 결심을 했고, 부모님한테 거짓말을 할 수 있다면 타인들 시선에도 당당히 맞설 수 있는 거다. '뮐레르 생선 가게'의 영업용 트럭을 타고 학교에 도착하는 것보다 인생에는 더 나쁜 일이 있다고 마음먹었다. 이를테면 부모님을 부끄러워하는 것 말이다. 놀리거나 내게 뭐라 하는 사람이 있다면 무지막지하게 멸시해줄 테다. 백로가 까마귀를 겁내랴. 그렇지! 게다가 나는 아무나가 아니다. 아무나 패션쇼에 예약석이 마련되어 있다고 자랑하지 못하잖나! 그래도 나는 아빠에게 정문에서 조금 멀리 떨어진 곳에 차를 세워달라고 부탁했다. 내가 도착한 것을 팡파르를 울리며 알릴 것까진 없으니까! 하지만 지난번에 아빠에게 상처 입힌 걸 진심으로 후회하는 마음을 이렇게 보여줄 수 있어서 기분 좋았다. 거기다 나는 아빠 뺨에 진한 뽀뽀까지 해서 쐐기를 박았다. 아빠를 기분 좋게 하기란 이렇게 쉬운 일이다! 나는 가벼운 마음과 홀가분한 양심으로 학교에 들어섰다.

엘리오트의 스쿠터가 교문 앞에 세워진 게 보였다. 바퀴 달린 걸 타고 학교에 오는 건 확실히 멋지다. 그렇지만 누가 알겠어? 어쩌면 언젠가는... 엘리오트가 나를 데려다주겠다고 제안할지? 나는 연인들이 하듯이 뒷자리에 앉아 그의 허리를 붙잡고 달리는 걸 꿈꿔본다.

그렇지만, 더 큰 꿈이 나를 기다린다! 당장은 아직 마르셀-파뇰 고등학교 학생이지만. 다행히 오늘은 수업이 4시 반에 끝나니 하루가 빨리 흘러갈 것이다. 오늘 저녁에는 제롬 릴리에 패션쇼에 초대받은 사실을 블로그에 알릴 작정이다!

사랑하는 친구들,

여러분이 달아주신 수많은 댓글을 보니 스트로마에를 좋아하는 사람이 저 혼자가 아니라는 걸 알겠어요! 상공 2만 피트에서 이루어진 이 만남은 제 마음속에 영원히 새겨져 남을 겁니다. 지난번 글에서 말한 의류 브랜드와 같이 작업하지 않기로 한 제 결정을 여러분이 좋아해주시니 저도 행복해요. 여러분이 경품 이벤트 때문에 저를 원망할까봐 걱정했는데 여러분은 정말이지 최고예요!

이번 주에는 제롬 릴리에 디자이너가 파리 루브르의 카루젤에서 열릴 가을 겨울 시즌 패션쇼(네, 지금은 봄이지만 아시다시피 패션은 언제나 계절을 한참 앞서가니까요)에 참석해달라고 제게 청해왔다는 사실을 여러분께 알리게 되어 행복합니다. 벌써부터 기막히게 멋질 것으로 예상되는 이 사건을 잊지 않고 여러분께 전해드릴게요!

모두들 잘 지내세요!

패션 만세!
파리에서 신느♥

내가 이 블로그를 운영한 지 벌써 2년째인데 거짓말을 하지 않은 건 이번이 처음이다.(물론 스트로마에와 관련된 부분만 빼고.) 이 일로 내가 특별한 사람이 된 느낌이 든다. 자부심과 행복감이 전율처럼 척추를 타고 전해진다! 도무지 믿기지 않는다!

어쨌든 이제는 뒤로 물러날 수가 없다. 패션쇼는 다음 주 수요일에 열린다. 내일이 금요일이니 파리에서 숙소를 구하려면 시간이 빠듯하다. 이 대도시에 대해 거의 아는 게 없는데 어떡하지? 파리는 아장이 아니잖나! 겨우 에펠탑이나 루브르 정도밖에 찾을 줄 모르는데 어느 지역을 선택하고, 또 호텔은 어떻게 정하지?

나는 인터넷으로 파리 지하철 노선도를 찾아 몽파르나스 역이 어디쯤 있는지 보았다. 루브르에서 그리 멀지 않아 보였다. 그저 길 잃고 헤매지만 않았으면 좋겠다. 지하철 노선도를 보니 어린아이용 미로 놀이가 생각난다. "수지가 자기 집으로 가는 길을 찾도록 도와주세요." 내 경우는 이런 셈이다. "레아가 루브르의 카루젤을 찾도록 도와주세요." 파리에서 긴장해서 내 유머 감각을 잃진 말아야 할 텐데... 그 생각만 하면 무지 불안해진다. 11시쯤 도착해서 패션쇼를 기다리며 어디에 가서 뭘 하지? 고뇌에 찬 영혼으로 파리 거리를 홀로 헤매진 않겠지? 나한테 무슨 일이 닥치면 어떡하지? 이상하거나 수상쩍은 사람이 말을 걸면 어쩌지? 혹시 누가 나를 따라오면? 아냐, 괜히 겁먹을 필요 없어. 내가 누구에게 말을 걸 일도 없을 거고, 누가 나를 성가시게 굴면 그 가해자의 고막이 찢어지도록 비명을 질러야지. 나는 머라이어 캐리처럼 돌고래 소리를 낼 수 있거든. 효과적이고 고통스러운 소리지! ㅋㅋ

한 가지 확실한 건 내 가방을 어딘가 놔두어야 한다는 거다. 숙소를 반드시 찾아야 한다. 가격도 전혀 모르는데 호텔 방값을 지불하려면 어떻게 해야 하지? 엄마의 신용카드를 가져갈 수도 없고. 기차표처럼 인터넷이나 전화로 예약해야겠다. 몽파르나스 역이나 루브르 근처에 숙소를 찾는 편이 나을 것 같다. '호텔'과 '파리'를 검색하자 온갖 사이트가 나왔다. 파리에 있는 호텔 수는 어마어마하다! 호화로운 호텔도 많고. 그 화려하고 안락한 호텔들을 보니 절로 꿈꾸게 된다. 내가 정말 신느라면 어느 호텔이 파리 최고의 호텔인지 바로 알 텐데. 아니지, 내가 신느라면 내 친구들이 서로 자기 집으로 나를 데려가려고 싸우겠지. 아니, 내가 신느라면, 튈르리 정원 맞은편 리볼리 길에 있는 200평짜리 멋진 집에서 살 텐데. 그러나 나는 신느가 아니라 아장의 보잘것없는 학생 레아다... 신느의 시골 사촌 동생이 된 기분이다! 정확히 말하자면 먼 사촌. 우리 둘의 인생은 달라도 너무 다르다.

검색을 더 해보니 루브르에서 아주 가까운 장 자크 루소 길에 유스호스텔이 있다. 나한테 딱 맞아 보이고, 아침 식사도 나온다. 하룻밤에 22유로, 이보다 더 싼 걸 찾을 수는 없을 것 같다!

나는 몇 번 클릭해서 숙소를 예약했다. 예약 확인 문자도 받았다. 인터넷 덕에 나 같은 청소년도 모든 것에 손이 닿을 수 있다. 재미난 세상이다! 보잘것없는 '시골' 학생인 내가 순식간에 파리에서 숙소를 찾는 데 성공했다. 심지어 그 도시를 알지도 못하는데! 무지 행복하다! 내 꿈이 현실이 되어간다. 이제는 뒤로 물러설 수가 없다. 나는 정말로 그 패션쇼에 갈 것이다!

잠시 나는 머뭇거렸다. 아직은 되돌릴 수 있다. 내 결정이 심각한 결과를 가져올지도 모르고, 부모님 신뢰를 무너뜨릴 위험이 있다는 걸 잘 안다. 그래도 모든 걸 취소하는 건 불가능하다. 그러면 너무 고통스러울 것이다. 이 멋진 선물을 어떻게 포기해? 인생을, 내 인생을, 내 운명을 어떻게 포기해?

좋아, 이제 숙소 문제는 해결했으니 옷을 구해야 해! 블로그에서 나는 스물두 살이고, 키 크고, 금발이다. 실제로 나는 금발은 맞지만 키는 겨우 160센티미터를 넘을까 말까 한다. 인터넷 사진들을 믿을 수 없다는 건 잘 알려진 사실이다. 얼마나 많은 스타들이 사진에서 더 젊고 더 아름답고 더 키 커 보이나! 좀 더 나이 들어 보이도록 머리를 조금 '복잡한' 스타일로 만지고, 키가 커 보이도록 하이힐을 신어야겠다! 그리고 거기에 어울리는 옷을 입고. 흠... 엄마의 신용카드를 더 썼다가는 들킬 텐데. 옷을 어떻게 입지? 패션쇼에는 대개 어떤 차림을 하고 갈까? 패션계 명사들이 모두 올 텐데! 스타일리스트, 칼럼니스트, 기자들이나 부유한 고객들에게는 이런 게 아무 문제가 되지 않겠지만 나, 레아는 어쩌나? 그 우아한 사람들 틈에서 내가 오점이 되지도 말아야 하고, 인기 패션 블로거 신느의 품위도 지켜줘야 한다. 나는 초대받았고, 나를 기다리는 사람들이 있다. 누가 되는 패션을 하고 가면 안 된다. 다만 레아가 가진 옷과 예산으로는 (헐, 또 내 얘기를 3인칭으로 하잖아!) 도저히 답이 안 나온다. 나쁜 이유로 관심을 끄는 인물이 되고 싶지도 않고, 그래서도 안 된다. 옷을 잘못 입고 패션쇼에 가는 건 자기를 망가뜨리는 최고의 방법이다. 불안감이 서서히 올라오는 게 느껴진다. 궁지에 몰린 느낌이다... 내가 눈높이를 너무 올렸나?

"엄마가 언니한테 보여줄 깜짝 놀랄 선물이 있대!"

"뭔데?"

리브가 잔뜩 흥분해서 방으로 달려 들어왔다. 나는 검색하던 창을 황급히 닫았다.

"똑, 똑, 똑, 들어가도 돼?"

엄마가 입가에 미소를 머금고 나타났는데, 손에 커버를 씌운 세탁물을 들고 있었다.

"뭔데요?"

나는 호기심이 동해서 물었다.

"깜짝 선물이지!"

리브는 얼굴이 새빨개지도록 흥분해서 제자리에서 발을 동동 굴렀다. 그 옆에서 리브만큼 흥분한 엄마는 마치 열두 살처럼 보였다.

"자, 직접 열어봐. 그런데 아주 조심해야 해!"

엄마가 손에 든 걸 내밀며 장난기 어린 얼굴로 말했다. 나는 놀란 눈으로 엄마를 바라보았다. 지퍼를 내리자 샤넬 드레스가 나타났다.

"엉?"

내가 내뱉은 말은 그게 다였다. 내 뇌는 작동을 멈췄다.

엄마는 손님이 전화를 걸어서 자신이 넘어져 병원에 입원했는데 수술을 받아야 한다고 말하더라고 빠르게 설명했다. 그래서 엄마가 드레스를 집으로 가져가도 되겠냐고 물었단다. 기적이 일어났다! 그분이 허락을 했으니 내가 입어봐도 된다는 것이다! 엄마는 숨을 헐떡이며 말을 끝냈다.

나는 어안이 벙벙해서 아빠 가게의 진열대 위에 놓인 도미처럼 입을 헤벌린 채 서 있었다. 이보다 더 기막힌 타이밍이 있을까... 이게 진정 실화냐?... 나를 지키는 수호천사가 내게 큰 도움을 주기로 마음먹은 모양이다! 어쩌면 코코 샤넬의 유령이 내 수호천사가 아닐까? 30초 전에 뭘 입을까 고민했는데! 엄마가 샤넬 드레스를 쟁반에 담아 가져오다니. 이런 운명의 장난이 때맞춰 일어나다니! 마치 엄마가 이렇게 말하는 것만 같았다. "내 딸아, 가거라. 파리로 가거

라. 네게 축복을 내리마!"

꿈꾸는 사람처럼 나는 커버에서 드레스를 조심스레 꺼냈다. 드레스는 여전히 화려했다!

"너무 예쁘다!"

리브가 감탄했다.

"그러니까 입어봐도 된다는 거죠?"

나는 믿기지 않아서 다시 물었다.

"그렇다니까! 그 손님께 네가 이 드레스를 보러 일부러 세탁소에 들렀고, 패션을 무척 좋아한다고, 그래서 이 드레스를 입어보길 꿈꾼다고 말했지. 그랬더니 그러라고 하더구나! 아주 쉽게!"

"오, 엄마!"

나는 엄마 품에 달려들었다. 너무 감격해 눈에 눈물까지 고였다.

"지난번에 네가 실망한 건 알았지만 내 마음대로 입어보라고 허락할 순 없었어. 이젠 주인이 허락했으니 모든 게 달라졌지!"

나는 2초 반 만에 속옷 차림이 되었다. 그리고 드레스를 걸쳤는데, 특별히 애쓸 필요도 없이 완벽하게 맞았다. 아니 그 이상이었다. 꼭 나를 위해 재단한 옷 같았다. 리브와 엄마의 눈이 거울 역할을 했다. 두 사람의 눈에서 반짝이는 별을 보니 내 모습이 근사하다는 걸 알겠다. 잠시 후, 참다 못해 나는 의자 위에 올라서서 욕실 거울에 나를 비춰보았다. 전신 모습은 볼 수 없었지만 숭고해 보였다. 문득 엄마가 좋은 생각을 떠올렸다.

"기다려봐! 그러다 다리 부러뜨리느니 내가 사진을 찍어줄게!"

나는 주간지 《갈라》에 인터뷰가 실릴 영화계 스타처럼 포즈를 취했다. "레아가 아주 기꺼이 자신의 드레스룸을 우리에게 보여주었습니다!"라는 제목으로 실릴 인터뷰. 우리는 웃었고, 결과물을 보고 나도 감탄했다. 잘 재단된 드레스 하나가 기적을 이뤄낼 수 있다는 게 놀라웠다! 입자마자 나는 키가 훨씬 커 보였고, 뷔스티에 덕에 어깨선도 훨씬 섬세하고 우아해 보였다. 은색 실은 내 금발을 돋보이게 했다. 이 드레스는 내게 미친 외모를 선사했다. 이래서 내가 패션을 이토록 좋아하는 것이다. 재능과 창의성이 미학에 쓰이기 때문이다. 한순간 나는 신느를 보는 기분이었다. 패션이 아니면 어떻게 양치기 소녀가 공주로 변할까! 보잘것없는 시골 소녀가 어떻게 토박이 파리지엔으로 변할까!

가볍고 유쾌한 사진들을 보니 심장이 살짝 뜨끔했다. 블로그가 신느의 것이건 레아의 것이건 함께 나눌 수 있다면, 이 행복한 순간을 보여줄 수 있다면 얼마나 좋을까. 가끔은 더 이상 거짓말할 일이 없었으면 싶다. 이제(마침내!) 내 인생이 고동치기 시작했는데, 이렇게 즉석에서 옷을 입어보는 장면 같은 멋진 순간들을 내 팬들에게 보여줄 수 있다면 얼마나 좋을까. 그러기는커녕 나는 모래 늪에 빠진 것처럼 거짓말 속으로 점점 더 깊이 빠져들어서 이따금은 완전히 파묻힐까 겁이 난다.

"자, 이제 벗어야겠다."

올이 걸리거나 찢어질까 봐 걱정스러운 엄마가 말했다. 나는 고집부리지 않았다. 머릿속으로 곧 그걸 입게 되리라는 걸 아니까. 엄마 덕에 패션쇼에서 입을 옷을 찾았다. 이걸 엄마가 알면!

15

오늘 저녁에는 악몽을 꿀까 겁내지 않고 자리에 누웠다. 이 마지막 시간은 긍정적인 기운이 가득하고 아주 짜릿해서 이만 이천 볼트가 내 몸에 흐르는 듯한 느낌이 들었다! 내 삶이 이렇게 쫄깃했던 적이 없었다! 곧 나는 파리 거리를 휘젓고 다닐 것이다! 꼭 크리스마스이브처럼 마음이 들뜨고 초조했다.(아직 산타클로스의 존재를 믿던 시절처럼.) 남은 며칠은 끝나지 않을 것처럼 느껴질 것 같다. 게다가 모든 문제가 완전히 해결된 게 아니다. 그 꿈의 드레스에 맞춰 신을 힐을, 그리고 수요일 저녁에 외박을 하기 위한 그럴싸한 핑계를 아직 찾아야 한다. 조와 루이종이 필요할 것 같다. 그런데 걔들에게 아무 얘기도 하지 않고 어떻게 비밀 속으로 끌어들이지? 이것도 당장 해결해야 할 골칫거리다!

16

오늘 아침에는 리브가 마모트처럼 일어나지 못했다. 나는 열심히 동생을 깨웠다. 동생 때문에 지각하고 싶진 않았다.

"얼른 일어나, 아기곰!"

"음냐..."

"왜 그래? 무슨 일이야?"

이 발 달린 배터리가 벌써 아침 빵을 먹고 있어야 할 텐데 그러지 않아서 나는 놀랐다.

"언니 때문에 잠을 잘 못 잤어..."

"나 때문에?"

내가 또 뭘 한 거지?

"난 아무것도 안 했는데? 음악을 들은 것도 아니고 책을 늦게까지 읽지도 않았고, 전화기도 꺼뒀는데. 솔직히 말해봐, 뻥이지, 리브!"

"언니가 잠꼬대를 했어!"

"뭐라고?"

"밤새도록 말을 해서 내 잠을 깨웠어. 그러다가 다시 잠들었는데 또 말을 해서 나도 또 잠이 깼고..."

"그래? 내가 뭐라 했는데?"

나는 살짝 불안해져서 물었다.

"이것저것... 웅얼거려서 하나도 못 알아들었어."

리브는 성난 표정으로 나를 쳐다보았다. 내가 잠꼬대를 하는지는 몰랐다. 새로운 사실이다! 또 희생양 코스프레를 하기 위한 핑곗거리 아냐? 하지만 동생아, 안됐다. 나님이 기분이 너무 좋아서 네가 무슨 짓을 해도 내 행복을 망치진 못할걸.

"미안해. 다음번엔 자리에 눕기 전에 내 입을 틀어막을게."

리브는 분홍색 담요를 둘둘 만 채 투덜거리며 간신히 걸어 부엌으로 향했다. 꼭 달빛을 못 받은 요정 같았다!

"엄마, 투덜이 스머프 가요!"

나는 동생을 놀렸다. 기분이 진짜 좋았다.

리브가 오는 모습을 보며 아빠도 웃었다. 그러자 리브는 짜증을 냈다. 아빠가 동생을 달래려고 빵에 버터를 발라주었다. 버릇없는 곰을 길들일 때처럼. 나는 리브가 발언권을 독점하지 않는 틈을 타 분위기를 슬쩍 떠보았다.

"참, 어쩌면 다음 수요일에 루이종네 가서 잘지도 모르겠어요."

"그건 또 무슨 얘기야?"

엄마가 물었다.

"그래, 왜 주중에 친구 집에 가서 잔다는 거지?"

아빠가 덧붙였다. **그래, 왜지?** 즉각 나도 생각했다. 좋은 질문입니다!

"루이종네 부모님이 며칠 집을 비우신대요. 그래서 루이종이 혼자 자도록 내버려 둘 수 없으니 저랑 조가 교대해서 같이 자려고요. 혼자 자는 걸 무서워해서요."

생각지도 않은 말이 아주 자연스레 튀어나왔다. 목소리가 떨리지도 않았고 얼굴이 빨개지지도 않았다. 다른 때 같으면, 어른들이 어린애 흔들리는 이빨을 뽑기 전에 하나도 안 아프다고 말하는 것처럼 뻔뻔하게 거짓말하는 게 부끄러웠을 텐데 지금은 자랑스럽다. 나는 뻥 전문가가 되어간다. 내 해명은 충분히 모호하면서도 그럴듯했다. 루이종은 외동딸이고, 부모님이 작은 여행사에서 함께 일하신다. 그래서 일 때문에 출장 가는 일이 전에도 있었다... 두 분이 함께 떠난 건 딱 한 번 있었다.

"그게 무슨 이야기냐? 부모님이 어딜 가시는데?"

아빠가 물고 늘어졌다.

"**이야기**가 아니에요. 일 때문에 걔 부모님이 이삼일 동안 집을 비워야 한대요. 제가 잘 알아들은 건지 모르겠지만 직업과 관련된 행사 때문인가 봐요. 그래서 루이종이 나한테 자기 집에서 하루 잘 수 있냐고 물었어요. 그뿐이에요."

"왜 우리 집에 와서 자지 그러냐?"

엄마가 제안했다.

"어디서 자라고요? 나는 리브와 방을 같이 쓰는데! 그냥 하룻밤이에요. 그리고 우린 거의 열여섯 살이라고요!"

나는 화가 나서 외쳤다. 그리고 분위기를 풀어보려고 덧붙여 말했다.

"엄마, 이빨 닦는 거 잊지 않을게요!"

리브는 수상쩍은 표정으로 나를 응시했지만 아무 말도 하지 않았다.

"왜 그래? 너 혼자서 방을 쓰게 될 테니 기분 좋겠구나!"

내 말에 리브가 삐죽거리는 표정을 짓는 바람에 우리 모두 웃었다.

"그럼, 루이종한테 뭐라고 해요? 간다고 해요, 안 된다고 해요?"

나는 아무 일도 아닌 듯이 먹은 그릇을 치우며 물었다. 부모님은 서로 얼굴을 쳐다보았다. 각자 상대의 찬성이나 반대 의사를 기다렸다.

"나도 혼자 방 쓰는 거 좋아요!"

리브가 말했다. 나는 눈길로 동생에게 고마움을 전했다. 아빠와 엄마는 주저하더니 아주 합리적으로 보이는 이 간청에 딱히 할 말을 찾지 못하는 것 같았다.

"좋아. 리브도 좋다는데..."

아빠가 농담처럼 말했다.

"그래, 딱 하루만이야!"

나는 무심하고 천진한 표정을 지었다. 마치 그저 친구를 돕기 위한 일일 뿐, 그리 꼭 하고 싶은 일은 아니라는 듯이. 부모님 앞에서 승리의 춤을 춰 보여서는 안 되잖아.

"그래도 그 애 엄마가 나한테 전화는 한 통 하겠지?"

엄마가 물었다. 나는 화가 난 표정을 지었다.

"네, 루이종 엄마가 격식을 차리는 분은 아니니 초대장을 보내진 않으실 거예요! 요즘 엄청 바쁘신 것 같던데요."

엄마는 더는 거듭 말하지 않았다. 논의 끝. 나는 대화에 끼어든 리브가 고마웠다. 동생이 없었다면 아마 이렇게 쉽게 해결되진 않았을 것이다.

고마워서 나는 동생에게 더없이 상냥하게 학교에 갈 준비가 되었는지 물었다. 동생은 눈 깜짝할 새 옷을 입었고, 우리는 부모님이 지켜보는 가운데 팔짱을 끼고 집을 나섰다. 그 순간 부모님은 그렇게 짝꿍이 되어 떠나는 우리를 바라보며 흐뭇해했을 것이다. 이런 소리가 내 귀에 들리는 것 같았다.

"봐요, 이젠 둘이 잘 지내잖아."

"그래, 점점 더 사이가 좋아지네."

리브가 내 편이 되어주리라곤 생각지도 못했다. 이렇게 인생은 깜짝 놀랄 일을 잔뜩 품고 있다. 대박! 이제 공식적으론 모든 게 정리되었다. 다음 주 수요일에 나는 제롬 륄리에 패션쇼에 간다. 바이 바이 아장, 봉주르 파리!

17

 우리는 학교 정문 앞에서 헤어졌다. 리브는 친구들을 만났고, 나는 루이종과 조가 있는 곳으로 향했다. 조는 늘 머리를 묶고 다녔지만 빨간 머리라서 눈에 띄지 않을 수가 없다. 백 미터 떨어진 데서도 보였다! 걔는 그것이 자기 외모의 강점이라는 걸 아직 깨닫지 못하지만 머지않아 알게 될 거라고 나는 확신한다. 초록색 눈에 조금만 화장을 하면 숭고한 미녀가 될 텐데. 그러나 조는 절대 화장을 하지 않는다. 걔는 놀랍도록 운동화 수집에만 열을 올린다. '노 스타일' 분야에서는 그야말로 최강이다.
 "컨디션 어때?"
 "좋아. 너는?"
 "아주 좋아!"
 나의 눈부신 미소가 걔들의 레이더망에 걸렸다. 최근에 내가 웃는 걸 자주 보지 못하긴 했을 거다. 당연한 일이다.

"야, 너 오늘 기분 좋아 보이는데!"

루이종이 검은 스웨터를 무심코 끌어내리며 말했다. 루이종은 자기 엉덩이에 강박적으로 집착했는데, 큰 스웨터가 엉덩이를 가리는 데는 최고라고 믿는 것 같았다. 근데 그게 아니다. 언젠가는 내가 말해줘야겠다.

"맞아. 게다가 너도 상관없는 일은 아니야!"

내가 수수께끼처럼 대답했다. 두 사람은 바로 미끼를 물었다.

"얘기해봐!"

두 친구는 뭔가 쫄깃한 얘기를 들을 생각에 군침을 흘리며 합창하듯 말했다. 나는 루이종 쪽을 향해 몸을 돌리며 말했다.

"다음 주 수요일에 나는 너희 집에서 자는 거다."

"뭐?"

"그래! 암튼 내가 우리 엄빠한테 그렇게 말했어."

"왜?"

두 사람은 쌍쌍둥이처럼 합창했다. 다른 아이들이 우리 쪽을 돌아보았다. 그중 엘리오트의 머리도 보였는데, 갈색 가죽 점퍼를 입은 모습이 늘 그렇듯이 완벽했다.

"쉿!"

우리는 본능적으로 가까이 모였다. 리브가 멀리서 우리를 지켜보는 게 보였다. 나는 얼른 눈을 돌려 리브를 외면했다.

"오늘 아침에 부모님께 수요일에 너희 집에서 잘 거라고 말했어."

나는 묘한 표정을 지으며 덧붙였다.

"그런데 사실은 너희 집에 가지 않을 거야."

두 친구는 입을 헤벌렸다. 둘 다 도미 같은 표정을 잘도 지었다.

"어디 가려고?"

조가 속삭였다.

"아무한테도 얘기 안 할 거라고 약속할 거야?"

"너 우리를 뭘로 아는 거야?"

루이종이 응수했다.

"파리에 갈 거야!"

나는 두 친구가 눈을 너무 크게 떠서 눈동자가 완전히 한 바퀴 돌아버리진 않을까 잠깐 겁이 났다.

"그런데 그게 무슨 얘기야? 누구랑? 왜?"

조가 질문을 퍼부었다. 나는 충분히 시간을 갖고 내가 만들어낸 효과를 음미했다. 나만의 영광스러운 순간이었으니까.

"패션쇼에 초대받았거든."

"뭐라고?"

그때 종이 울렸다. 학생들은 모두 교실로 향했다. 이따금 나는 우리가 양 떼보다 나을 게 없다는 생각을 한다. 조와 루이종은 뒷이야기를 듣고 싶어 안달하며 나를 따랐다. 둘은 미끼를 물었다. 단단히 물었군, 아빠라면 이렇게 말했을 것이다. 우리 삼총사는 예전처럼 본능적으로 굳건히 뭉쳤다. 오늘 아침 나는 우리의 수학 수업에 그리 기대를 걸지 않는다. 루이종이 내 옆에 앉았다. 수학 쌤이 칠판에 도무지 이해할 수 없는 문제 하나를 쓰는 동안 루이종이 나를 재촉했다. 문제에 관해서라면 나는 꽤나 철학적이지만 수학과는 절대 친구가 되지 못하리라는 건 확실히 깨달았다.

"패션쇼 얘기가 뭐야?"

루이종이 속삭였다. 우리 바로 앞에 앉은 조는 내 말을 한마디도 놓치지 않으려고 고개를 기울였다.

"엄청 유명한 스타일리스트 제롬 릴리에가 수요일에 있을 패션쇼에 참석해달라고 나한테 연락했어. 내가 참석하면 기쁘겠다지 뭐야. 그런데 그게 파리에서 열리니 거기서 잘 수밖에 없지."

"그러면 수업을 빼먹으려고?"

조가 극적인 말투로 속삭였다.

"그래! 어쩔 수가 없어! 파리와 수업에 동시에 있을 순 없잖아!"

"그럼 너 혼자 가는 거야?"

루이종이 걱정스레 물었다.

"응."

나는 두 사람의 눈길에서 감탄과 당황이 뒤섞인 감정을 보았다. 부러움과 두려움이 섞인 감정. 동시에 둘은 이런 생각도 하는 것 같았다. '쟤가 우리한테 뻥치는 거 아냐?'

"거기 구석에 앉은 학생들, 우리가 방해되나?"

발덱 쌤이 짜증을 냈다. 우리는 이내 노트에 고개를 박았고, 도무지 끝날 것 같지 않은 10분 동안 칠판에 적힌 방정식에 관심을 갖는 척했다. 내게 방정식은 중국어나 다름없이 알 수 없는 말이었다.

"그런데 왜 너를?"

루이종이 물었다. 그래, 왜 나지? 초대받은 것이 신느라는 걸 어떻게 설명할까? 내가 신느를 개인적으로 알지 못하고, 블로그를 하는 게 내가 아닌데. 앗, 실수다! 좋은 소식을 전하려고 서두르느라 가벼운 디테일을 놓쳤다. 스타는 내가 아니라 신느라는 사실. 제롬 릴리에가 레아 뮐레르에 대해서는 한 번도 들어본 적 없다는 점. 그는 내가 존재하는지, 아장에 살고 있는지조차 알지 못한다는 점. 대체 이 시골 마을에 대해 들어보기나 했을까? 나는 길을 잃었다.

"그래, 왜 너냐고?"

수상쩍은 냄새를 맡고 조가 거듭 물었다. 나는 시간을 벌기 위해 "쉿!"했다. 발덱 쌤한테 또 걸리겠어, 조심해...라는 뜻으로. 내가 필통 속에서(그래, 나는 타조 증후군이 있다!) 뭔지 모를 뭔가를 찾느라 요란하게 뒤지는 동안 내 머릿속은 공황 상태였다. 무슨 말을 설명으로 내놓아야 할까? 조와 루이종은 아빠와 엄마보다 덜 순진하고 훨씬 꾀발라서 쉽게 속일 수가 없다. 게다가 불신 어린 눈길이 내게 쏟아지고 있다. 서둘러야 한다.

"지난번에 한 내 발표 때문이야."

"뭐라고?"

"내가 그 블로거에게 메시지를 보내 발표를 할 거라고 말했거든. 그 여자가 그걸 좋게 생각해서 나한테 고마움을 표시하려고 자기가 초대받은 자리를 나한테 주고, 스타일리스트한테 내가 대신 갈 거라고 말한 거야."

두 친구의 호기심이 급추락했다. 내가 방정식에 관심 없는 만큼이나 걔들은 신느에게 관심이 없었다.

"그래서 내가 반드시 가야 하니까 부모님한테 너희 집에서 잘 거라고 말한 거야."

"그럼 파리에서 자는 거야?"

110

조가 물었다.

"응, 그 여자 집에서."

"와, 사람 쿨하네!"

"그렇다니까!"

아무리 그래도 호텔비를 지불하기 위해 엄마의 신용카드를 몰래 빼돌렸다고 떠들어댈 수는 없었다. 누구나 자기만 간직하고 싶은 비밀이 있는 법 아닌가.

수학 수업이 거의 끝나간다. 더 이상은 주목을 끌지 않는 게 좋겠다. 특히 나는 그래야만 한다. 친구들에게 파리행 계획을 이야기하다가 학교를 하루 반이나 빼먹어야 한다는 걸 깨달았다. 어떤 방식으로든 학교에 미리 알려야 할 것이다. 내 삶은 거짓말과 해결해야 할 문제의 연속이다. 이럴 만한 가치가 있는 일이길 바랄 뿐이다.

종소리가 울렸고, 우리는 이제 방정식과 볼일이 끝난 게 너무 좋아서 서둘러 일어섰다. 복도에서 내가 말했다.

"어쨌든 알았지, 루이종. 다음 주 수요일에 내가 너희 집에서 자는 거야. 조심해! 리브가 뭘 묻더라도 나를 지켜줘야 돼. 내 동생을 경계해야 해."

"걱정 마! 날 믿어. 난 고자질쟁이가 아냐!"

루이종이 나를 안심시켰다. 그때 불쑥 엘리오트가 내 앞에 나타나더니 따로 좀 보자고 했다.

"5분만 얘기할 수 있어?"

조와 루이종이 나를 쳐다보았다. 요즘 엘리오트와 나 사이에 확실히 뭔가 이상한 일이 벌어지고 있다고 생각하는 듯했다. 나는 얼굴이 토마토처럼 새빨개져서 말했다. "그래"라고.

두 친구는 뒤를 돌아보지 않으려고 애쓰며 멀어졌지만, 걷는 모습에서 돌아보고 싶어 죽을 지경이라는 걸 알 수 있었다. 어찌나 이해가 되던지! 자동차 헤드라이트에 붙들려 꼼짝 못 하는 토끼처럼 굳어버린 나와 늘 그렇듯 아주 편안하고 멋진 엘리오트가 재미난 그림이 되겠구나 싶었다.

"좀 전에 교실에서 네 말 들었어. 너 신느에 대해 말했지, 그치?"

내 심장이 가슴속에서 너무도 세차게 고동쳐서 내 목소리마저 잘 들리지 않았다. 아마 "맞아"라고 대답했던 것 같다.

"너 파리에 가서 신느를 볼 거라며?"

나는 얼떨떨했다. 엘리오트가 나를 염탐했다니. 그럼 얼마나 많은 애들이 내 말을 들었을까? 내가 이렇게 조심성이 없었나? 아니면 갑작스레 신느에게 관심이 생긴 엘리오트가 유난히 주의를 기울였던 걸까? 적어도 확실한 사실은 신느가 정말 그의 마음에 들었다는 것이다! 단순한 끌림이 아니라 완전히 첫눈에 반한 모양이다.

"그래, 맞아. 근데 왜?"

나는 겨우 응수했다. 그가 봉투 하나를 슬쩍 건넸다. 그 순간에는 그가 봉투를 들고 다니는 게 이상해 보였지만, 지금 내 처지에 뭔들 논리적이겠나. 엘리오트는 신느에게, 즉 레아에게 전할 봉투를 건넸다. 이건 방정식만큼이나 복잡하고 이해 불가능한 일이다.

"오케이."

나는 대답했다.

"전해줘. 너를 믿어도 되지?"

"걱정 마. 직접 전할게."

이번만큼은 거짓말이 아니었다. 다만 그가 알지 못한 채 그녀에게 직접 전한 것일 뿐. 이제 겨우 오전 10시인데, 벌써부터 골머리가 아프다. 내 인생은 꼭 축제 다음 날 같다. 나는 봉투를 가방 속에 집어넣고 아무 말 없이 영어 수업을 들으러 갔다. 걷는데 내 심장이 너무 격렬하게 쿵쾅거려 그 소리가 모두에게 들릴 것만 같았다. 그런 리듬이라면 심장 질환으로 발전할지도! 나는 교실로 들어서면서 조와 루이종에게 눈길을 던졌다. 엘리오트가 바로 내 뒤에 있었기에 두 친구는 차마 나를 쳐다보지 못했다. 그렇지만 그들의 호기심은 하늘을 찔렀다.

영어 수업이 시작되었다. 그런데 봉투가 너무 신경 쓰여서 아무 소리도 들리지 않았다. 나는 봉투가 정말 있는지, 조금 전에 복도에서 꿈을 꾼 건 아닌지 확인하기 위해 이따금 가방 속을 들여다보았다. 엘리오트는 봉투에 손글씨로 '신느에게'라고 썼고, 이름에 밑줄까지 그었다. 그의 글씨를 보니 기분이 묘했다. 그의 편지가 내 가방 속에 들어와 있다니. 편지에 담긴 글이 궁금했다. 엘리오트는 신느에게 뭐라고 썼을까? 왜 손편지를 썼을까? 틀림없이 이 편지가 비밀로 남기를 바랄 것이다. 혹시 연애편지일까? 아니면 아예 프러포즈? 완전히 사랑에 빠진 사람처럼 보여! 아, 미치겠다! 서스펜스 쩐다! 이건 내 신경이 견디지 못할 형벌이야!

"마드무아젤 뮐레르, 벌써 한 시간째 그렇게 바보처럼 웃는 이유를 좀 알 수 있을까? 내 수업이 그렇게 황홀경에 빠뜨린 거야?"

프티 쌤이 내게 한 말이었다. 반 학생 전부가 킥킥대며 나를 쳐다보았다. 오랜만에 재미난 구경거리가 생겼다 싶은 거지.

"어..."

"*In English please!*(영어로 부탁해!)"

"*Sorry.*(죄송해요.)"

"*Sorry for what Léa?*(뭐가 죄송한데, 레아?)"

쌤이 짓궂은 표정으로 캐물었다. 쌤은 고양이가 자기 발톱에서 벗어나려고 발버둥 치는 생쥐를 보듯 나를 훑어보았다.

"어..."

나는 소리를 꽥 지르며 이렇게 노래하고 싶었다. "*It is because I am madly in love!!*(제가 미친 듯이 사랑에 빠졌기 때문이죠!!)" 그러나 더듬더듬 말했다.

"*Sorry Madam, I was in my dreams, I guess.*(죄송해요 부인, 제가 꿈을 꿨나 봐요.)"

엘리오트가 내게 요상한 눈길을 던졌다. 나는 그를 못 본 척했다. 오늘 하루도 길겠구나 싶었다. 저놈의 편지를 열지 않고는 저녁까지 견디지 못할 것 같았다. 내 편지잖아! 그가 원했든 아니든 그 편지는 내게 보낸 것이다! 나는 편지 내용을 알고 싶어 미칠 지경이었다. 끓어넘치는 내 상상을 당장 붙들어 매지 않으면 두 시간 방과 후 공부를 하게 되고 말 것 같았다. 나는 집중해서 남은 수업에 관심을 쏟으려고 무진장 노력했다. 적어도 그러는 척했다. 내 눈은 여전히 엘리오트의 편지 쪽으로 쏠렸지만.

종이 울리자마자 나는 조와 루이종이 막아서기 전에 화장실로 달려갔다. 다급한 욕구보다 내 호기심이 더 절박해서였다. 화장실에서 되도록 소리를 내지 않으려고 애쓰며 편지를 뜯었다. 종이 찢어지는 소리를 덮으려고 숨넘어가면서도 담배를 피우는 여자처럼 콜록콜록 기침을 했다. 손이 떨릴 지경이었다. 나는 2초 동안 숨을 가다듬고 나서 편지를 읽었다. 다급히 썼지만 그래도 정성을 쏟은 편지라는 걸 알 수 있었으며, 무척 감동적이었다.

안녕 신느.

이 편지를 어떻게 받게 된 건지 궁금하겠네. 우리가 같은 "친구"를 둔 것 같아. 레아가 파리로 간다 해서 편지를 쓰는 거야. 블로그에 남기는 댓글보다는 편지가 친근하고 덜 비인격적이니까. 직접 전하는 편이 좋겠지만 이렇게 됐어. 고백하는데 난 네 생각을 많이 해... 넌 정말 예뻐. 이런 말을 하는 게 나만이 아니겠지만, 내가 누구보다 진지할 거라고 확신해. 나도 곧 파리로 갈 거야. 의류 브랜드 몇 군데에서 후원하겠다고 접촉해왔어. 아마 넌 모르겠지만 나도 스케이트 분야에서는 꽤 잘나가거든... 나한테 조언을 좀 해줄 수 있을까? 둘이서 같이 한잔 마시러 가도 좋을 것 같은데...

엘리오트

불쌍해라, 엘리오트가 사실을 알게 되면 어떤 기분일까! 그의 편지를 읽고 나니 마음이 안 좋다. 이야기를 지어내는 건 재미있을 수 있지만 사랑하는 사람들의 감정을 가지고 장난치는 건 즐겁지 않다. 갑자기 내가 나쁜 사람이 된 것 같다. 그가 신느를(다시 말해 나를) 사랑하는 것만큼 나도 그를 사랑하는 것 같다. 머리가 핑핑 돈다.

"레아?"

루이종의 목소리였다. 친구들은 내가 어디 갔는지 궁금했나 보다.

"응? 나 화장실에 있어. 거의 끝났어!"

나는 편지를 봉투에 집어넣는 소리를 감추려고 물을 내렸다. 기분이 이상했다.

"괜찮아?"

루이종이 물었다.

"너 아파?"

조가 걱정했다. 거울을 보니 내 얼굴이 창백했다. 울고 싶은 건지, 구토를 하고 싶은 건지 모르겠다.

"기분이 별로 안 좋아."

"보건실에 데려다줄까?"

"그래, 그게 좋겠어."

친구들의 불안이 전염된 건지 나는 비틀거리며 쓰러졌다.

"엘리오트가 너를 이런 상태로 만든 거야?"

루이종이 웃음을 터뜨리며 말했다. 나는 일어나고 싶지 않았다.

"바이러스나 뭐 그런 거에 감염됐나 봐."

"그런데 걔가 너한테 뭐라고 한 거야?"

조가 결국 참았던 걸 물었다.

"특별한 건 아냐. 그 블로거 때문이야. 그 여자한테 집착하나 봐."

"아직도!"

루이종이 또다시 스웨터를 끌어내리며 짜증을 냈다.

"네가 그 여자를 별로 안 좋아하는 건 알지만 그래도 예쁜 건 사실이잖아."

"그리고 아주 바보 같지!"

조가 응수했다. 그러곤 자기 응수에 아주 흡족해하는 것 같았다.

두 친구가 5분 간격으로 신느를 비판하는데 그 소리를 듣고 있자니 지긋지긋했다. 그리고 엘리오트가 알지도 못하면서 그저 사진만 보고 그렇게 신느에게 반한 것도 좀 거슬렸다. 왜 나는 그에게 그런 효과를 못 낼까? 조와 루이종도 보고 있으면 짜증이 나지만 그래도 난 걔들을 비난하진 않는다. 헐, 내가 만든 피조물을, 다시 말해 나 자신을 내가 질투하다니! 보건실 문 앞에 도착했을 때 내 얼굴은 창백하다 못해 파리했다.

"무슨 일이니, 레아?"

학교 보건 쌤인 블레 쌤이 걱정했다.

"몸이 안 좋대요."

루이종이 말했다.

"그래, 그래 보이는구나. 자, 여기 누워봐."

나는 보건실을 좋아한다. 그곳은 언제나 편안하고 조용하다. 블레 쌤도 상냥해서 언제나 친절하게 말한다. 한 번도 화를 내거나 빈정대지 않았다. 어떤 아이들은 쌤을 '노처녀'라고 부른다. 그 나이에 아직 독신이고 아이도 없기 때문이다. 나는 블레 쌤이 아주 젊어서 실연당했고, 첫사랑을 아직도 잊지 못하는 거라고 생각한다. 쌤을 보면 조금 마음이 아프다. 정말 친절한 분이다. 꾀병으로 의심될 때 조차 쌤은 우리에게 물 한 잔과 비스킷, 사과 한 알을 주거나 아니면 얼마 동안 쉬게 해준다. 그러나 지금 쌤은 내 얼굴을 보고 꾀병이 아

117

니라는 걸 알았다.

"혈압을 재볼 테니 움직이지 마. 너희들은 가도 좋아."

조와 루이종은 마지못해 나를 두고 갔다. 나는 개들이 진심으로 걱정하는 게 느껴져서 감동했다.

"오늘 아침 식사는 했니?"

선생님이 눈을 부릅뜨며 물었다.

"네."

내가 웅얼거렸다. 아침 식사를 떠올리자마자 속이 울렁거렸다.

"혈압이 조금 떨어진 거야. 일단 좀 쉬어봐. 한 시간 후에도 나아지지 않으면 집으로 돌아가는 게 좋겠어."

"알겠어요."

나는 눈을 감았다. 그리고 근처 교실에서 나는 소리를 아득히 들으며 살짝 잠이 들었다. 내 삶의 혼란에서 멀어지자 벌써 기분이 나아졌다.

결국, 내 혈압이 계속 낮아서 블레 쌤이 조퇴를 허락했다. 야호, 내가 바라던 대로 됐다. 나는 엄마가 걱정하지 않도록 문자를 보내 리브에게도 알려주라고 부탁했다. 오늘은 혼자서 집에 돌아와야 한다고 동생에게 말해줘야 했다.

알았어. 가서 쉬고, 파스타라도 좀 만들어 먹고서 기운 차려!
뽀뽀. 엄마가

나 혼자 집에 있게 되다니 이렇게 행복할 수가! 갑자기 몸이 가뿐

해진다! 나는 엘리오트의 편지를 열 번은 다시 읽었다. 눈을 감고도 외울 수 있을 것 같았다. 이 편지가 내게 쓴 거라면 얼마나 좋을까. 그에게 후원하고 싶어 한다는 의류 브랜드 이야기가 사실일지 궁금했다. 나는 스케이트보드나 활주 스포츠에 대해서는 아는 게 하나도 없지만 조와 루이종이 엘리오트의 재능에 대해 여러 번 감탄하던 걸 들은 기억이 났다. 보아하니 그는 챔피언이 될 재목, 일종의 신동인 모양이다. 하지만 조와 루이종은 스케이트보드에 관한 거라면 심하게 과장하는 경향이 있어서 나는 그런 말에 그다지 주의를 기울이지 않았다. 그리고 보니 어리석게도 나는 엘리오트가 스케이트보드 타는 걸 한 번도 보지 못했다.

유튜브를 뒤져보았다. 엘리오트의 친구들이 동영상을 만든다는 걸 알기 때문이다. 운 좋게도 그 동영상 중 하나를 발견했다. 정말 핫한 최신 음악에 맞춰 엘리오트와 그의 친구들인 벤과 로맹이 스케이트보드 트릭을 연이어 보여주는 동영상이었다. 그들은 난간 위로 뛰어오르고, 보드 위에서 플립을 했다. 나는 그의 수준에 놀랐다. 전혀 아마추어가 아니었다. 나이에 비해 재능이 아주 뛰어났다. 게다가 동영상 속 그의 모습은 너무도 귀여웠다. 그들은 아주 재미있게 즐기는 모습이었다. 오랜 시간 연습을 했을 테고, 아마 넘어지기도 많이 했을 것이다! 알고 보니 엘리오트도 나처럼 진짜 열정을 가진 아이였다. 좌절하는 부류가 아니었다. 그가 신느를 향해 끈질기게 관심을 갖는 게 그리 놀랍지 않은 일이며, 그가 쉽게 포기하는 사람이 아니라는 걸 알겠다. 이런, 내가 또 뭐에 빠진 거지?

18

　조금 전, 보건실에서 살짝 잠들었다가 샤넬 드레스와 맞출 신발이 아직 없다는 게 떠올랐다! 엄마의 신발장에서는 절대 그런 신발을 찾을 수 없을 거다! 엄마는 '편한' 구두만 신는다. 굽 높은 구두는 하루 내 세탁소에서 하는 힘든 일을 더 힘들게 할 뿐이기 때문이다. 그리고 조와 루이종은 운동화만 신는다. 어떻게 하지?

　갑자기 번쩍! 어떻게 더 일찍 그 생각을 못 했을까? 인터넷 덕에 모든 게 손닿을 곳에 있다. '봉 쿠앵'이라는 사이트에서는 뭐든지 찾을 수 있다. 알리바바의 동굴 같은 곳이어서 진짜 괜찮은 물건을 건질 수도 있다. 엄마의 신용카드를 사용할 수는 없다. 양심의 가책이 이미 견디기 힘들 정도로 나를 무겁게 짓누른다. 현금으로 40유로가 있다. 신발 예산은 25유로를 넘지 말아야 한다. 나머지 돈은 파리에서 사소한 지출에 쓸 생각이다. 몇 분 동안 검색해서 나는 딱 내 취향인 힐 하나를 발견했다! 그런데 내게는 너무 센 가격이었다. 나는 흥정을 시도했다. 마치 날개가 돋는 기분이 들어 도저히 멈출 수가 없었다. 내가 무척이나 의욕적이었던 건 사실이다! 10유로를 깎는 것쯤은 누워서 떡 먹기, 아니 식은 죽 먹기였다! ㅋㅋ 어쨌든 나는 조금 전보다는 기분이 좋아졌다. 위경련이 일어나서 컴퓨터를 그만해야 했다. 신호였다. 흡수가 느린 당을 섭취해야 한다!

엄마를 기쁘게 해주려고 나는 파스타를 먹는 사진을 찍어 문자와 함께 보냈다.

식욕이 돌아오면 모든 게 돌아온 거종 ;)

조와 루이종의 문자가 와 있었다.

괜츈? 우린 컨디션이 말이 아니야. 과학 수업은 죽도록 지루했어... ㅋㅋ 엘리오트는 네가 어디 갔는지 궁금해하는 눈치던데!!!

친구들이 나를 걱정한다는 걸 읽으니 심장이 뜨거워졌다. 얼마 전만 해도 나를 거의 개무시하던 애들인데.

그거 알아? 차라리 너희들과 함께 죽도록 지루해하는 게 낫겠어.
엘리오트가 그랬다니 기분은 좋군. 걔가 나한테 뻑간 건 아니지만 ; (

그래도 엘리오트가 내 걱정을 한다면 나한테도 조금은 관심이 있는 거 아냐? 히히!

점심을 먹고 좀 쉬었더니 놀랄 일이 나를 기다리고 있었다. 봉 쿠엥의 판매자가 내가 오늘 당장 신발을 가지러 온다면 값을 깎아주겠다는 것이다. 마침 나는 오늘 오후에 특별히 할 일이 아무것도 없다! 아침에 안 좋았던 몸이 갑자기 다 나은 것 같았다. 모든 게 기막히게 착착 준비되어간다! 별들이 나를 지켜주나 봐. 앞으로 일어날 일을 알아맞히자고 별자리 운세를 볼 필요도 없다.

일 : 직업상 중요한 만남이 당신의 인생을 바꿔놓을 것입니다. 천왕성, 목성, 하늘의 모든 별이 당신을 위해 빛납니다. 아주 허황된 꿈마저 이루어집니다.
연애 : 꿈에 그리던 왕자가 곧 사랑을 고백할 것입니다. 아름다운 이야기가 예상됩니다.
재물 : 바라기만 하면 원하는 모든 걸 살 수 있습니다. 세상이 당신의 것입니다!

또 오버하네. 내 상상을 길들이는 법을 배워야겠다. 추락은 고통스러울 수 있으니까. 그랬다간 완전 깨지는 거지!

다행히 판매자는 그리 멀리 살지 않았다. 인사를 주고받고 난 뒤 나는 그 소중한 신발을 신어보았다. 조금 컸지만 까다롭게 굴 생각은 없었다. 그걸 찾아낸 것만 해도 이미 기적인데! 거의 새 신발이었다. 판매자는 결혼식을 위해 샀다고 말했고, 나는 그 말을 믿었다. 판매자는 그걸 신을 기회가 이젠 없다고 말했다. "차려입어야 해서"라고 했다. 그러니 잘됐다. 나한텐 바로 그런 신발이 필요하니까! 나는 서둘러 집으로 돌아왔다. 아직 두 시간 정도 남았으니 그동안 드레스와 신발이 어울리는지 입어볼 수 있겠다.

솔직히, 뻐기려고 하는 말이 아니라(난 그런 부류는 아니다), 내가 나를 알아보기 힘들 만큼 멋졌다! 힐을 신고 걷는 연습을 해보았다. 모두가 보는 앞에서 넘어져 얼굴을 깨는 건 곤란하니까! 흠잡을 데가 없었다. 힐을 신으니 완전히 다른 사람이 된 느낌이다! 걸음부터 달라진다. 마치 공주로 변장한 것 같다. 아니 그 이상이다! 왜 스타들이 그토록 스타 같은지 이해가 된다! 모든 것이 그들의 가치가 돋보이도록 만들어졌으니. 최고의 패션을 걸치면 젊은 스케이트 보더들의 눈길을 사로잡는 것도 누워서 떡 먹기겠지! 고급 의류, 리넨, 실크, 캐시미어 같은 좋은 원단은 피부색이나 머리카락을 돋보이게 한다. 잘 재단되고 스타일도 멋진 옷을 입으면 자신감이 생긴다! 기적을 일으킬 수 있는 화장도 있다. 다크서클과 여드름, 잡티가 사라지고, 복숭아 같은 살결이 된다!

불행히도 나는 혼자서 모든 걸 해결해야 한다. 나는 전신을 보기 위해 셀카를 찍었다. 마침내 내 절친들에게 뭔가를 보여줄 수 있게 되어 기분 좋다. 걔들은 내가 파리에 간다는 걸 안다. 모든 세부 사실까지 말한 건 아니지만 적어도 걔들에게는 완전히 거짓말을 한 게 아니다. 그래서 기분 좋다. 내가 지어낸 수많은 거짓말에 옭매여 점점 더 혼자가 된 느낌이 들었고, 그래서 내가 기대했던 것만큼 즐겁지가 않았다.

엘리오트의 편지는 어떻게 할지 아직 생각해보지 않았다. 신느가 그에게 답장해야 할까? 한다면 뭐라고 하지? 그렇지만 그가 둘 사이

123

에 뭔가 일어날 수 있다고 믿도록 부추기고 싶지는 않다. 신느는 존재하지 않는다! 아니 존재하지만 내 상상 속에 있다. 엘리오트가 생각하는 그런 여자가 아니다. 그에게 고통을 주고 싶지 않다. 그런데 안타깝게도 그렇게 될 것만 같다. 그에게 분노나 고통을 안기지 않고 신느를 향한 그의 열정을 식힐 방법을 찾아야 한다. 나는 그를 사랑한다. 그를 다치게 하고 싶지 않다. 헉, 내가 말하고 말았네. 그를 사랑한다고. 그런데 그는 다른 여자를 사랑한다. 가상 세계 속 나의 분신을! 아이러니 쩐다!

19

주말은 꿈꾸듯이 지나갔다. 마치 내내 잠을 자고 눈을 떠보니 이미 월요일이 된 것만 같았다. 며칠 동안 머리를 너무 많이 굴려서 뇌가 완전히 굳어버린 것 같다. 뇌를 쉬게 하는 게 좋겠다. 크헉, 시간은 얼마나 빨리 흘러가는지! 현기증이 날 정도다. 나는 큰 걸음을 내딛기 위해 머릿속으로 준비한다. 낙하산을 메고 뛰어내릴 때처럼 비행기가 하늘에서 뱅뱅 돈다. 적당한 고도에 이르면 곧 문이 열릴 테고, 더는 뒤로 물러설 수 없다! 허공에 몸을 날려야 한다!

48시간 뒤에 나는 학교 가방을 메고, 갈아입을 옷과 세면도구를 넣은 작은 가방을 들고 떠나야 한다. 그런데 샤넬 드레스를 구기지 않고 주의도 끌지 않으려면 어디다 넣어야 할까? 리브의 의심을 사지 않으려면 어떻게 하지? 고민 끝에 찾은 최선의 방법은 드레스를 책가방에 넣어 학교로 가서 종소리가 울릴 때 몰래 빠져나와 역으로 가는 것이다! 얼쩡거리면 안 된다. 9시 17분에 기차를 타야 한다. 이 일이 과연 일어날까 믿기지 않는다. 그렇지만 일어날 것이다!

나 자신을 설득하기 위해 드레스를 입고 힐을 신은 내 사진들을 쳐다본다. 사진 속 나는 정말 예쁘다! 솔직히 화장만 조금 하면 딱 좋을 텐데. 내가 다른 차원으로, 평행 세계로, 부자와 유명인들의 세계 속으로 들어서는 느낌이 든다. 이 패션쇼, 이 대모험을 겪고 나서 세상이 너무 울적해 보이지 않았으면, 평범하고 정상적인 시골 삶으로 돌아와 '아름다운 인생 후유증'을 겪지 않았으면 좋겠다. 파리에서 딱 한 번 주말을 보내고 온 뒤로 얼마나 우울했던지!

나는 난생처음 혼자서 여행하게 될 거다. 이것이 내 인생의 한 단계가, 중요한 순간이 될까? 미래만이 말해주겠지. 우선은 대탈주를 준비하는 죄수처럼 나는 하루하루 날짜를 세며 조심하고 있다. 아주 간단하다. 교실에서는 수업에 귀를 기울이며 눈썹 하나 까딱하지 않고, 집에서는 방 안에서 얌전히 공부하는 딸로 지낸다. 조금 더 나갔다가는 수상쩍어 보일 것이다! ㅋㅋ 조와 루이종은 공범 같은 얼굴로 내게 '여전히 그걸 실행할 건지' 물었다. 나는 확신을 갖고 대답했다. "그럼!" 걔들이 못 믿는 것 같아서 샤넬 드레스를 입은 내 사진을 보여주었다. 표정을 보니 나를 우러러보는 듯했다. 내 말이 허풍이 아니라는 걸 확실히 안 것이다. 내가 하려는 일을 하자면 어느 정도는 대담성이 필요하다. 나는 별을 가득 담고 초롱초롱 빛나는 친구들의 눈에서 용기를 길어낸다. 그래서 어느 때보다 행동으로 옮길 마음의 준비가 단단히 되었다. 나는 모든 걸 생각해두었다. 세세한 세부 사항까지. 학교 가정통신 수첩에 이렇게 한 줄 적어 넣기까지 했다.

집안일로 레아가 수요일과 목요일 오전에 결석할 예정입니다. 양해 바랍니다.

나는 완벽하게 거짓말과 사칭을 했고 위조문서까지 만들었다. 내 범죄 기록이 점점 무거워진다.

모든 것이 준비되었다. 카운트다운은 시작되었다.

초조한 마음을 가라앉히고 엘리오트에게 댈 핑계를 생각한 다음 블로그에 글을 올렸다. 해결책을 찾은 것 같다. 나는 다시 한번 거짓말을 했다. 그러나 이번에는 좋은 의도에서였다.

사랑하는 친구들,

며칠 후에 저는 제롬 릴리에의 가을 겨울 시즌 패션쇼에 참석합니다. 이 디자이너의 재능을 여러분께 보여드리기 위해 최근 작품 사진을 몇 장 올립니다. 왜 제가 이 디자이너의 최신 컬렉션을 이렇게 보고 싶어 하는지 이해하시게 될 겁니다! 그런데 불행히도 저는 파리에 오래 머물지 못합니다. 놀라운 행선지로 향하는 비행기가 저를 기다릴 거라서요. 애프터 쇼는 저 없이 진행될 겁니다! 저는 몇 달 동안 유럽을 떠나게 되었어요. 흥미진진한 계획이 있는데, 곧 얘기해드릴게요. 저를 위해 기뻐해 주세요. 저는 눈 뜬 채 꿈꾸고 있거든요! 패션의 세계는 천 가지 가능성을 제공해준답니다!

파리에서(여긴 이제 그리 오래 있지 못하지만)

하트를 보내요!

♥ 신느

됐다. 꽤 잘 찾은 것 같다. 신느가 없다면 엘리오트는 더 이상 그녀를 파리에서 만날 희망을 품지 못할 거다. 그리고 나는 패션쇼가 끝나고 그녀가 너무 빨리 사라져서 편지를 전할 시간조차 없었다고 말할 것이다. 이렇게 하면 잘 해결될 것 같다. 엘리오트가 분명 실망하겠지만, 신느와의 러브 스토리를 은근히 꿈꾸게 하는 것보다는 나을 것이다. 그의 감정을 가지고 장난치는 것 같아서 사실 마음이 불편했다. 그냥 두기엔 내가 그를 너무 좋아한다. 어쩌면 그는 그렇게 만들었다고 날 비난할지 모르지만 적어도 나는 양심의 가책을 덜게 될 것이다. 나는 자기를 좋아하지 않는 누군가를 사랑하는 것이 어떤 마음인지 잘 안다. 신느에 대한 그의 관심도 차츰 시들해질 것이다.

20

별안간 두려움이 엄습해온다! 제롬 릴리에 팀이 내 가면을 벗길까 두렵다. 나를 보고서 그 패션 블로거 뒤에 시골 청소년이 숨어 있다는 걸 알아차리지 않을까. 내가 자기 인생을 사는 게 아니라 몽상에 빠진 시골 청소년이라는 걸 알아차리지 않을까. 그들은 분명히 내가 신느가 아니라는 걸 눈치챌 거야... 레아, 침착해, 이 모든 건 허풍의 문제야! 포커 게임 같은 거야. 통하든가 아니면 깨지든가.

그래도 겁은 났다. 긴장을 풀기 위해 나는 리브에게 귀여운 동영상을 같이 보자고 제안했다. 동생은 행복해했고, 그 시간 동안은 나도 스트레스를 잊었다. 거의 자동적이다. 마치 뇌가 목욕이라도 하는 것처럼. 그 털 뭉치 귀염둥이들의 재주를 보면 웃지 않을 수가 없다. 나의 뇌 피질 한쪽은 웃고 긴장을 푸는데, 다른 쪽은 이렇게 생각한다. '근데 너 지금 뭐 하냐?'

"얘들아, 분위기를 깨고 싶진 않지만 불을 끌 시간이야. 리브, 그만 침대로 가! 레아, 너는 작은 등 켜고 책 좀 읽어도 돼."

아빠는 리브의 이불을 정리해주었고, 나는 책이 눈에 들어오지 않을 걸 알면서도 책을 펼쳤다. 정신이 온통 한곳에 쏠려 무엇에건 관심을 기울일 수가 없었다. 잠을 잘 수나 있을지 모르겠다.

"아빠빠, 우유 좀 데워주실 수 있으세요?"

나는 그렇게 부르면 아빠가 거절하는 법이 없다는 걸 안다.

"나도?"

반쯤 잠든 리브가 중얼거렸다.

"레아, 너는 이제 다 커서 혼자 할 수 있잖니. 그리고 리브는 너무 늦었어. 봐, 넌 눈이 벌써 감기잖니. 잘 자라."

나는 화를 내며 일어섰다. 이제는 너무 컸다고? 아빠가 침대 정리를 해줄 나이가 지났다면 혼자서 파리 여행도 할 수 있는 나이라는 거지! 그래, 난 어린애가 아니야. 나한테 뭐가 좋은 일인지 알 만큼 충분히 컸다고. 아빠는 당신도 모르게 나를 마지막 두려움에서 해방시켜주었다. 따라서 나는 짐을 덜은 듯 마음이 한결 편안해졌다.

나는 데운 우유를 부엌에서 마셨고, 그동안 엄마가 내 머리카락을 쓰다듬었다.

"별일 없어, 딸내미?"

"네. 그냥 따뜻한 우유가 마시고 싶었어요."

"어떨 때 너를 보면 앞으로 어떤 여자가 되겠구나 싶고, 어떨 땐 지금처럼 그저 내 어린 딸내미처럼 보여!"

이따금 엄마가 다정하게 쓰다듬어주는 게 참 좋다. 나는 따뜻하고 부드러운 엄마의 목에 고개를 묻었다. 내가 무지무지 사랑하는 엄마, 내가 배반하고 끊임없이 거짓말로 속인 엄마. 어른이 된다는 게 이런 건지 모르겠다. 부모님을 아프게 하고 실망시킬 위험을 부담하는 것. 어른이 되는 다른 방법들도 분명히 있겠지만 이것이 내가 찾은 유일한 방법이다. 내 꿈대로 살기 위한 방법. 부모님이 알게 되지 않기만 바랄 뿐이다. 나중에, 맹세코 이걸 갚기 위해 뭐든지 할 생각이다. 학교에서 돌아오면 엄마를 더 도와드리고, 리브와 같이 잘 지내려고 노력할 거다. 인내심을 더 갖고 동생의 말도 들어줄 거다. 그리고 자제심을 발휘해 아빠도 도울 거라고 약속한다. 혹시 아나? 어쩌면 한 달에 한 번쯤 토요일에 생선 가게에서 아빠를 도울 수 있을지? 그러면 아빠가 얼마나 좋아할까. 그건 이 비밀스러운 여행 이후에 내가 할 수 있는 최소한의 일이다. 남몰래 용서받기 위한 나만의 방식이 될 것이다.

나는 엄마를 끌어안으며 말했다.

"주무세요, 엄마."

"잘 자거라, 내 딸! 그러면 널 모레 보는 거지?"

"어..."

"그래, 내일 아침에 너를 볼 수 있을지 모르겠구나. 내일 병원에 있는 손님께 들러야 해서 조금 일찍 나갈 생각이거든."

"네, 그럼 목요일에 학교 끝나고 저녁에 봐요. 엄마 보러 가게에 들를게요."

"즐겁게 지내!"

엄마가 윙크를 하며 말했다. 오잉? 저 윙크를 어떻게 해석해야 할지 모르겠다. 나는 얼떨떨한 표정으로 엄마를 바라보았다. 엄마가

다 아는 거 아냐? 혹시 엄마가 파리행 기차표를 구매한 흔적을 보았고, 저 윙크로 '내가 바본 줄 아니?' 하고 눈짓한 건 아닐까.. 오케이 신호를 보낸 걸까? 이번만은 눈감아주시는 걸까?

"그런 얼굴 할 거 없어! 나도 경험이 있잖니, 무슨 꿍꿍이를 꾸미는지 잘 알아!"

허걱, 이젠 무슨 생각을 해야 할지 모르겠다.

"네?"

"루이종과 네가 저녁 아홉 시에 자지 않을 거라는 거 다 알아! 내가 바라는 건 너무 늦게까지 정신없이 놀진 말라는 거야! 레아, 너를 믿어도 되지?"

나는 안심했지만, 솔직히 마음이 편치는 않았다.

"네, 그럼요."

"꼭이다! 너희는 고등학생이잖니. 좀 더 나이가 들거든 하고 싶은 걸 해. 지금은 아직 열여섯 살도 아니잖아! 그렇지만 나는 내 큰딸을 전적으로 믿어."

엄마는 이 말로 내 어린 가슴에 못을 박았다.

이렇게 죄의식을 심는 일에 아빠까지 끼면 완성체가 되겠다.

"그럼요, 알았어요. 주무세요!"

나는 형벌을 서둘러 단축했다. 10분 전만 해도 마음이 가벼웠는데 엄마가 다시 못을 박았다. 엄마는 정말 육감이 있는 것 같다! 우리 부모님이 그다지 '서류'를 챙기는 사람들이 아니어서 '빡빡한' 예산을 세워 사는 사람들처럼 가계부를 꼼꼼하게 기록하지 않는 게 얼마나 다행인지.

나는 이 대화 때문에 지쳤다. 방에 돌아왔을 때 리브는 이미 잠들어 있었다. 나는 마지막 기도를 하며 이불 속으로 들어갔다. "저 위에 계신 분이 누구든지 제발 저를 너무 성급히 판단하지 마시고 모든 일이 잘 풀리게 해주세요." 그러곤 눈을 감았다. 그저 죄책감이 들지 않도록 바로 머릿속을 비우고 잠들고 싶었다.

21

이튿날 아침, 나는 눈을 뜨자마자 생각했다. 위대한 날이다! 그리고 문자 그대로 침대에서 뛰어내렸다. 그만큼 들뜨고 행복했다. 엄마는 아침 식사 식탁에 쪽지를 남겨두고 가셨다.

"오늘 태워다줄까?"

아빠가 물었다. 거절할 이유가 없었다. 준비할 시간도 벌게 될 테니.

"오케이!"

나는 일부러 더 열성적으로 대답했다. 새끼 양의 뇌를 먹어보라고 제안했더라도 나는 이렇게 대답했을 것이다. "콜! 못 할 것 없죠." 그만큼 나는 행복했다.

리브가 코코아 그릇 너머로 묘한 표정을 지으며 나를 응시했다.

"무슨 문제라도 있어?"

대답 대신 동생은 코코아를 불어 거품을 만들었다. 그걸 내가 가장 싫어한다는 걸 잘 알면서.

"너 진짜 더럽다!"

내가 외쳤다.

"5분만 둘이 놔두면 금세 아웅다웅하는구나!"

아빠가 입에 칫솔을 물고 나타나 웅얼거렸다. 그러더니 입안 가득한 치약을 뱉으러 달려갔다. 나는 내 관심을 끌고 싶어 하는 게 분명한 리브를 무시하기로 했다.

"너 기분 좋겠네. 오늘 저녁에 혼자서 방을 쓰게 됐으니!"

"그래!"

야릇한 표정으로 리브가 말했다.

"마드무아젤, 기분이 널을 뛰시는군요! 나도 이틀 동안 널 안 보게 되어 얼마나 기쁜지 몰라!"

"학교는 어쩌고? 학교는 잊었어?"

아차, 맞다.

"아니. 무슨 수를 써서라도 너를 피해 다닐 거야!"

리브는 뾰로통해졌다. 쟤는 확실히 안 보고 싶을 거야!

"자, 갈까? 식탁은 할 수 없지, 저녁에 치우기로 하고!"

아빠가 말했다. 나는 얼른 가방을 가지러 가서 뽁뽁이 포장지로 싼 드레스를 가방 깊숙이 집어넣었다. 다행히 자리를 많이 차지하지는 않았다. 눈에 띄지 않을 더 나은 방법은 찾지 못했다. 전자 티켓을 넣었는지 벌써 다섯 번이나 확인하고는 아빠 있는 곳으로 갔다.

"준비 끝!"

"너 갈아입을 옷과 세면도구도 챙겼어?"

"네."

나는 작은 여행 가방을 보여주면서 말했다.

"그럼 출발!"

차에 올라탄 나는 초조해서 발을 동동 굴렀다. 그리고 마지막인 것처럼 아장 거리를 바라보았다. 몇 시간 후면 나는 파리에 있을 것이다. 아, 행복해라! 나는 너무 들떠서 한쪽 구석에서 여전히 뾰로통해 있는 리브에게 주의를 기울이지 않았다. 아빠는 네거리에 우리를 내려주었고, 우리는 학교 문까지 몇 미터를 아무 말 없이 걸어갔다. 나는 동생에게 손짓을 하고 조와 루이종이 있는 곳으로 향했다. 두 친구는 나를 보고 깜짝 놀랐고, 거의 실망한 얼굴이었다.

"너 여기서 뭐 해?"

조가 놀라서 물었다. 나는 소리를 죽이라고 신호했다. 그리고 다가갔다.

"바로 역으로 갈 수가 없었어. 9시 17분 기차야. 모두 들어가고 나면 떠날 거야."

두 친구는 흥분과 두려움이 섞인 얼굴로 고개를 끄덕였다.

"어쨌든 걱정 마, 우리가 널 엄호해줄게!"

루이종이 나를 안심시켰고, 그 말을 하자마자 종이 울렸다. 우리는 공모자의 표정으로 서로를 바라보았고, 두 친구는 뒤를 돌아보지 않고 교실로 향했다. 나는 조금 얼쩡거리며 최대한 많은 학생들이 내 앞을 지나가도록 내버려 두었다. 얼마 후 마지막 지각생들이 달려서 지나갔고 나는 역으로 향했다. 그 시간에 거리에 있으니 기분이 아주 이상했다. 나는 국어 수업이 시작되었다는 걸 알기에 학생들이 시끌벅적 요란하게 책과 공책을 꺼내는 모습을 상상했다.

네 쌤의 목소리가 들리는 것만 같았다. "좀 조용히 하세요! 물개 떼보다 시끄럽군요!" 그러면 아이들은 투덜거릴 테고, 쌤은 아주 즐거워할 것이다. 이것은 꼭 거치는 과정이다. 쌤과 우리가 연기하는 익숙한 촌극처럼. 그러나 지금 나는 교실에 있지 않고 역을 향해 간다. 대모험을 향해 간다. 펄쩍 뛰며 기쁨의 탄성을 지르고 싶었지만 뛰는 행동을 할 때가 아니었다. 나는 기차를 놓치지 않도록 걸음을 재촉했다.

22

역으로 들어서자 울컥 감동이 몰려왔다. 역은 크고 텅 비어 보였다. 아니면 내가 작아서 그런 걸까? 아빠, 엄마, 리브와 함께 기차를 탈 때는 휴가철이어서 플랫폼이 사람들로 넘쳐났다. 지금은 거의 아무도 없다. 잔뜩 경계심을 품은 채 출발 안내판을 향해 걸어갔다. 9시 17분 기차가 게시되었는데, 4번 플랫폼이라고 적혀 있었다. 10분 정도 남았다. 편의점에 들르기엔 너무 빠듯한 시간이었다. 나는 곧장 기차를 향해 갔다. 스탕달의 책을 가져올 생각을 한 게 얼마나 다행인지. 네 시간 반 동안 뭔가 하긴 해야 하니까. 되도록 이목을 끌지 않아야 한다. 눈길을 끌고 싶진 않다. 무슨 일이 일어날지 모르니까. 아무리 생각해봐도 나 자신이 가출한 아이처럼 느껴졌다. 금기를 범한다는 생각이 떠나질 않았다. 부모님에게도, 모두에게도 나는 고등학생이다!

플랫폼에 도착한 나는 13호차를 찾았다. 이 번호가 내게 행운을 가져다주면 좋겠다! 56번 창가 자리였다. 좋아. 됐어. 나는 긴 한숨을 내쉬며 앉았다. 드디어 여기까지 왔다! 지금까지는 모든 게 순조롭게 굴러간다. 굴러간다는 소리에 스케이트보드가 떠올랐고, 엘리오트 생각이 났다. 흘러내린 금발로 얼굴을 가린 채 볼펜을 물고 의자에서 끄덕거릴 그의 모습이 떠올랐다. 미처 의식하지 못한 채 나는 맞은편에 앉은 부인에게 미소를 지었다. 부인도 내게 미소를 지었다. 이 시간에 미성년자가 파리행 기차에서 뭘 할까라고 생각하는 표정은 아니었다. 휴우! 기차 안에 있다는 게 현실 같지 않았지만 분명히 사실이었다.

"문이 닫힙니다. 파리행 테제베 76451호 곧 출발합니다!"

출발 안내 방송에 내가 소스라치게 놀랐다. 그걸 보고 앞자리 부인이 재밌어했다. 플랫폼에서 철도 공사 직원이 호각을 불자 기차가 덜컹거리며 출발했다. 이제 그 무엇도 멈춰 세우지 못할 것이다. 내 운명은 길을 떠났다. 나는 행복하게 미소를 지었다. 멍하니 미소를 짓는 게 바보처럼 보이겠지만 그러거나 말거나 좋았다. 나는 조를, 루이종을, 그리고 부모님을 생각했고, 무엇보다 나를 기다릴 일들을 생각했다. 최근에 겪은 일들을 생각하자 내 안에서 뭔가 응어리가, 심장 깊숙한 곳에서 두려움의 응어리가 느껴졌지만, 그래도 괜찮았다. 나는 눈을 감고, 그 응어리가 동영상 속 새끼 고양이 중 하나일 뿐이라고 상상했다. 그리고 그 새끼 고양이를 쓰다듬었다. 그러자 녀석은 더 쓰다듬어달라고 다정하게 고갯짓을 하며 가르릉 소리를 냈다. 한결 마음이 놓이고 편안해졌다. 이렇게 나는 두려움을 길들였다. 이젠 그 무엇도 그 누구도 나를 멈춰 세울 수 없다. 다만, 내 배가 꼬르륵거렸다... 식당칸으로 가서 핫초코를 마실까? 앞으로 네 시간이나 남았다. 스탕달은 나를 기다릴 수 있다. 그가 나를 원망하진 않을 거다! ㅋㅋ 나는 자리에서 일어서면서 앞자리 부인에게 말했다.

"저 식당칸에 가는데, 혹시 뭐 사다 드릴까요?"

상냥하고, 예의 바르고, 세심하게 말했다. 엄마가 이걸 봤으면 나를 대견해했을 거다.

"친절도 해라. 고마워요, 마드무아젤. 나는 나중에 갈게요."

나는 객차 두 칸을 지나 식당칸으로 자신만만하게 향했다. 거의 성인처럼. 기차엔 승객이 별로 없었다. 승객들은 모두 어른들이었는데, 컴퓨터나 태블릿에 코를 박고 있거나 신문을 읽고 있었다. 학구적인 분위기였다. 휴가철의 가족적인 소란과는 완전 달랐다!

식당칸에 도착했다. 안내 직원이 나를 보고 기뻐하는 것 같았다. 하긴 직원에게도 긴 여정일 테니까. 나는 재빨리 머릿속으로 계산해보고 7.5유로짜리 아침 식사를 먹기로 정했다. 비싸지만 축하할 만한 일이니까! 내가 매주 혼자서 기차를 타는 건 아니잖아! 하지만 파리에서는 과다 지출을 하지 말아야 한다. 이제 내 손엔 30유로밖에 없다. 아장을 막 떠났는데 벌써 7.5유로를 썼으니.

검표원이 지나가면서 내게 인사를 했다. 나는 몸을 떨었다. 침착해, 레아! 모든 게 정상이야. 넌 합법적으로 기차표도 가지고 있어. 넌 이제 레아가 아니라 신느야. 꼭 그런 건 아니지만. 네가 신느라면 일등칸에, 아니 전용 비행기를 탔을 테니까! 그럼 네가 둘 중간쯤에 있다고 치자고. 샤넬 드레스가 여행 동안 구겨지지 않아야 할 텐데.

구겨진 드레스를 입고 가면 안 되는데!

나는 조와 루이종에게 문자를 날렸다.

기차 탔어. 내가 파리에서 길을 잃지 않도록 빌어줘. 빨리 너희들 만나서 얘기
하고 싶어!! 얘들아, 용기를 내♥

식당칸에서 충분히 시간을 보내고 나서 내 자리로 돌아왔다. 이제
세 시간 반밖에 남지 않았다. 시간도 보낼 겸 몽파르나스 역에서 유
스호스텔까지 가는 여정을 다시 익혀둬야겠다. 파리에서 한 번도 혼
자 지하철을 타본 적이 없어서 좀 걱정이 되었다. 앞자리 부인은 책
에 빠졌다. 나는 창밖으로 지나가는 풍경을 바라보았다. 지하철을
탄다는 생각에 겁이 났는데 겁먹은 얼굴을 들키고 싶지 않았다. 헤
드폰을 쓰고 루안의 노래를 들으니 긴장이 풀렸다. 내가 좋아하는
여가수의 허스키한 목소리에 푹 빠져들기 위해 눈을 감았다. 그때
갑자기 누군가 내 어깨를 쳤다. 나는 의자에서 펄쩍 뛰며 비명을 질
렀다. 마치 유령 기차에 타기라도 한 것처럼... 어찌나 민망하던지!
생각보다 내 신경이 더 곤두섰던 모양이다.

"내가 그렇게 무서워요? 티켓 좀 보여주세요!"

좀 전에 본 그 검표원이 내 앞에 서 있었다. 커다란 콧수염 때문에
잊을 수 없는 얼굴이었다. 나는 거의 손을 떨면서 전자 티켓을 내밀
었다. 검표원은 자신이 낸 효과가 재미있었나 보다.

"고마워요, 즐거운 여행해요!"

부인도 내 반응이 재미있었는지 미소를 지어 보였다.

"요즘 애들이 정말 스트레스가 많지요!"

그녀가 웃자 검표원은 더 즐거워했다.

이게 꿈인가 아니면 저 부인이 내게 농담을 던진 건가? 이거 나쁘지 않은걸. 검표원은 우리가 같이 여행하는 줄 알겠어. 이 시간에 내가 여기 있는 게 덜 수상해 보이겠어! 나는 다시 헤드폰을 쓰고 고독한 시간으로 서둘러 돌아갔다. 앞자리 부인도 다시 소설에 코를 박았다. 이제 세 시간만 지나면 나는 파리에 있을 것이다.

23

세 번째 노래가 끝날 무렵, 내 전화기가 손에서 진동하는 게 느껴졌다. 모르는 번호가 찍힌 게 보였다. 받을까 말까 망설였다. 엄마도 아빠도 아니고, 학교도 아니고, 조와 루이종도 최근에 번호를 바꾼 적이 없다. 그럼 누굴까? 제롬 륄리에 팀의 누군가 나를 접촉하려는 걸까? 앞자리 부인이 나를 집요하게 쳐다본다. 독서를 방해받은 부인이 마치 내게 이렇게 말하는 듯했다. "받을 거야 말 거야?" 나는 벌떡 일어나 더 조용한 곳으로 가서 전화를 받았다.

"여보세요?"

"여보세요? 레아 뮐레르?"

남자 목소리가 뚝뚝 끊겨서 잘 들리지 않았다. 이 시간에 누가 전화를 걸까 궁금했다. 나는 학교에 있는 걸로 되어 있는데.

"여보세요?"

"레아 뮐레르?"

“네, 누구세요?”

나는 열띤 목소리로 물었다.

“파리행 76451호 기차의 검표원입니다.”

“네.”

나는 숨을 헐떡이며 대답했다. 심장이 멎는 것 같았다. 숨을 쉬기가 힘들었다. 공기가 부족해서 빠르게 숨을 몰아쉬었다. 마치 단거리달리기를 한 것처럼 숨이 턱까지 찼다. 공황 상태에 빠지기 직전이었다. 온갖 생각이 총알처럼 빠르게 획획 지나갔다. 왜 기차 검표원이 내게 전화를 걸었지? 내 이름은 어떻게 알았지? 무엇보다 내 전화번호는 어떻게 알았을까? 이마에 손을 대보니 식은땀이 흥건했다.

“식당칸으로 좀 올 수 있어요?”

나는 아무 말도 못 한 채 내 숨소리만 들었다. 무서웠다. 너무도 무서웠다.

“여보세요? 밀레르 양? 듣고 있어요?”

전율이 온몸을 휩쓸었다. 입술이 바짝 말라서 겨우 대답했다.

“어, 네, 네, 근데 왜요? 무슨 일이에요?”

“급한 일이에요. 바로 15호 식당칸으로 와주세요. 바로요.”

나는 전화를 끊었다. 전화기를 물끄러미 쳐다보았다. 그것이 대답의 실마리를 가져다주기라도 할까 봐. 나는 얼빠진 채 허둥지둥했다. 무슨 일이지? ‘급한 일’이라는 말이 뇌 속에서 경보처럼 울렸다. 거대한 돌멩이가 가슴을 짓누르는 것처럼 숨이 막혔다. 울고 싶었다. 제일 먼저 떠오른 반사 행동은 화장실에 숨는 것이었다. 고백하건대 그리 논리적인 행동은 아니었다. 그러나 머리를 식힐 필요가 있었다. 거울을 보니 내 얼굴은 꼭 씹어놓은 종이 같고, 유령 같았다. 손이 부들부들 떨렸다. 어렵게 더듬더듬 그 고약한 수도꼭지를 작동시켜 물을 틀었다. 겨우 한 줄기가 흘렀다. 손에 물을 적시니 좀 나아졌다. 심호흡을 하고 나를 쳐다보았다. 레아, 침착해. 아무것도 아냐. 그냥 오라고 한 것뿐이야. 위험한 말은 한 마디도 없었어. 어쩌면 네가 식당칸에 신분증 같은 걸 두고 온 건지 몰라. 맞아, 그거일 수밖에 없어! 나는 신분증이 가방 속에 있는지 확인하기 위해 자리로 돌아갈 엄두가 나지 않았다. 앞자리 부인의 호기심 어린 눈길을 마주할 용기가 나지 않았다. 내가 황급히 일어났을 때 부인은 내게 이상한 눈길을 던졌다. 아마 내가 거의 비틀거리다시피 했을 것이다. 내 표정도 이상했을 것이다. 그걸 다시 생각하니 기분이 좀 나아졌다. 그 좁고 냄새나는 화장실 안에서 나는 혼자서 거의 발작하듯 웃었다. 가엾은 레아! 너무 비극적으로 생각해! 혼자서 겁을 집어먹었잖아! 완전히 과대망상증 환자가 되어가네! 조금 전에도 검표원이 기차표를 보여달라고 했을 때 바보처럼 소스라치게 놀랐잖아. 근데 그 아저씨는 그저 재미있어했잖아. 그 사람은 호의적이었어. 아무것도 아냐. 네가 열쇠를 놓고 온 건지도 몰라. 그리고 전화번호에 대해서는 어처구니없는 해명이 분명히 있을 거야. 자, 자신감을 가져!

　나는 거울을 보며 억지로 미소를 지었다. 머리를 다시 묶고, 핏기가 돌게 뺨을 살짝 꼬집었다. 마지막으로 숨을 내쉬고 환한 얼굴로 밖으로 나왔다. 모든 게 잘되고 있어! 나는 살짝 떨리고 두근거리는 심장으로 15호차로 향했다.

멀리서 검표원의 모자가 보였다. 그에게 미소를 지을 찰나에 친근한 목소리가 들렸다. 내가 익히 아는 목소리, 천 개의 목소리 중에서도 알아들을 수 있는 목소리였다! 나는 그 자리에서 굳었다. 기차의 난간을 붙들었다. 다리가 풀렸다. 내 눈을 믿을 수가 없었다. 환각을 보는 건가! 신경이 제멋대로 날뛰었다.

"언니!"

리브가 내 품에 뛰어들었다. 내 동생 리브, 내 족쇄 리브, 내 껍딱지 리브, 꼬치꼬치 캐는 걸 좋아하는 리브가 기차에, 파리행 나의 테제베에 있었다. 분명히 리브였다. 숱 많은 갈색 머리카락, 투명한 파란 눈, 청재킷, 치마와 샌들까지, 틀림없었다. 내 동생 리브가 기차 안에 있다니!

이게 무슨 일이지? 이건 악몽이야!

리브는 눈물을 흘리며 악착스레 내게 매달렸다.

"이 아이 알아요?"

검표원이 물었다. 그저 형식상 던진 질문이었다. 리브의 태도가 이미 많은 걸 말해주어, 우리가 서로 잘 아는 사이라는 건 의심할 여지가 없었으니까! 이제 검표원은 전혀 호의적이지 않았다. 그의 콧수염도 정감을 잃었다. 그는 이 상황이 전혀 즐겁지 않아 보였다.

"제 동생 리브예요."

나는 더듬거리며 말했다. 버그 먹은 꼴이었다. 이런 말을 내가 하게 될 줄은 몰랐다. 리브가 이 기차에 타다니 도무지 믿기지 않았다. 지금 이 기차에서 일어나는 일을 도무지 믿을 수가 없다. 리브가 여

기서 뭘 하는 거지? 저 애를 내가 마지막으로 봤을 때는 학교에 들어
가고 있었는데!

"이 어린이가 차표 없이 여행하고 있는데, 학생과 일행이라고 하
네요. 그리고 학생 전화번호를 나한테 주었고요. 부모님은 어디 계
시죠?"

나는 그 말에 대답하지 않고 리브를 자두나무 흔들 듯이 마구 흔
들며 소리쳤다.

"너 여기서 뭐 하는 거야? 나를 따라온 거야? 왜 학교에 안 갔어?
네가 뭘 한 건지 알기나 해?"

바로 그 순간 나는 상황이 뒤엎어져 추락하고, 꿈이 악몽으로 변
해가는 걸 깨달았다. 여기서 리브를 만나다니, 한 번도 생각해본 적
없는 최악의 시나리오였다. 이건 핵참사이고, 지진이고, 쓰나미였다.
세상의 종말, 내 세상의 종말이었다.

그러나 리브는 대답하지 않고 울기만 했다. 내가 흔들수록 더 울
기만 했다.

"자, 진정해요!"

검표원이 우리를 갈라 세우고 조금 더 멀리 자기 사무실로 데려
갔다. 주변에서 쏟아지는 시선들이 험악해졌다. 식당칸의 여직원
은 내가 아동 학대 현행범으로 체포되기라도 하는 것처럼 뚫어져라
쳐다보았다. 한 여자가 나를 물끄러미 응시했는데, 히스테리 환자
같은 청소년에게 학대당하는 무방비 상태의 가련한 꼬마 여자애를
구하기 위해 내게 덤벼들 태세였다. 나는 리브를 보았고, 눈물로 엉
망이 된 그 얼굴에서 두려움을 보았다. 나는 아무 말 없이 품을 열어

동생을 끌어안고 함께 울었다. 나도 무서웠다. 앞으로 닥칠 일이 무서웠다.

"리브 미안해. 너를 아프게 할 생각은 없었는데, 미안해."

그렇게 뮐레르 자매는 눈물의 상봉을 했다!

"그러니까, 내가 이해한 바로는 학생의 여동생이 학생을 따라와서 차표도 없이 이 기차에 올랐다는 거지. 부모님은 어디 계시죠?"

바로 그게 문제였다. 이번엔 리브가 나를 뚫어져라 처다보았다. 침묵이 흘렀다.

"파리에서 우리를 기다리세요."

내가 자신 없는 목소리로 말했다. 그런데 리브가 대답했다.

"일하고 계세요."

상황은 점점 더 나빠졌다. 우리의 어긋난 대답이 우리를 배반했다. 검표원은 모자를 벗고 머리를 긁적이며 의심 가득한 얼굴로 우리를 관찰했다.

"좋아요, 경찰을 불러야겠군요."

"네?"

내가 외쳤다. 리브가 완전히 공포에 질려 나를 바라보았다. 다시 눈물이 떨어질 찰나였다.

"첫째, 학생의 동생은 범법 행위로 걸렸어요. 나는 벌금을 매길 수밖에 없어요. 둘째, 두 사람 모두 미성년자인데, 학생들이 이 기차에 탄 걸 부모님이 모른다는 느낌이 확실히 드네요. 이건 가출 청소년들이 흔히 보이는 행동이죠."

가출! 이 단어가 나오고 말았다. 나는 인형극에서 줄이 끊긴 인형처럼 의자에 털썩 주저앉았다. 갑자기 힘이 빠졌다. 나는 끝났다. 망했다. 내 탈주는 여기서 끝났다. 내 꿈은 산산조각 났다. 나는 체포될 테고, 경찰은 부모님을 부를 것이다. 두 딸이 학교에 있지 않고 파리행 기차에 탔다는 말을 들으면 엄마 아빠가 어떤 얼굴이 될지 상상하기도 싫었다. 내가 심장발작으로 죽지 않는다면, 차라리 그러는 편이 나을 텐데, 부모님이 나를 죽일 것이다. 나는 말없이 울었다. 그렇게 슬퍼하는 나를 보고 겁에 질린 리브가 내 손을 잡았다.

"미안해, 언니."

리브가 흐느낌 사이사이로 중얼거렸다.

한쪽에서 검표원이 경찰관과 전화 통화를 하는 소리가 들렸다. 그가 난처해하는 게 느껴졌다. 자기 기차에 가출한 미성년자 둘이 탄 것이 좋을 리 없었다. 아마 이 일로 차질이 생기고 온갖 서류를 작성해야 될 게 분명했다. 전화를 끊은 그가 내게 설명했다.

"경찰이 너희 부모님께 연락할 거야. 너희들은 나와 함께 있어. 이제 보르도를 지났으니 파리까지 가야겠네. 거기서 경찰관이 너희들을 역에 있는 경찰서까지 데리고 갈 거야."

나는 망했다. 손을 떨며 전화기를 쳐다보았다. 그것이 울릴까 봐 겁이 났고, 듣게 될 말이 겁났다. 그래서 비겁함 때문인지 아니면 쉬고 싶어서였는지 모르지만 나는 전화기를 껐다. 부모님의 화를 대면할 용기가 없었다. 이미 내 머리 위에서 몰아치는 바람이 느껴졌다. 곧 태풍이 나를 실어갈 것이다. 단단히 붙들어야 할 것이다.

24

남은 여행은 무거운 침묵 속에서 마쳤다. 리브가 어떻게 된 건지 빠르게 설명해주었다. 내가 동생의 잠을 방해한 그날, 내가 동생이 의심을 품을 만한 뭔가를 말했다. 동생은 평소와 다른 뭔가가 꾸며지고 있다는 걸 알게 되었다. 내 무의식이 고약한 장난을 부린 것이다. 아마도 나는 생각보다 더 죄책감에 시달렸던 모양이다. 그 후 동생은 나를 감시했고(꼬치꼬치 캐길 좋아하는 애라고 하지 않았나!), 내 의심을 사지 않으려고 온갖 술책을 동원해 나를 염탐했다. 한편 나는 생각해야 할 게 너무 많아서 경계가 조금 허술해졌던 것 같다. 오늘 아침, 리브는 모두 교실로 갈 때 뒷걸음질 치는 나를 보았다. 그래서 숨어서 역까지 나를 따라왔다. 그러고는 내가 가출하는 줄 알고 기차에 올라탄 것이다. 동생이 뒤늦게 무임승차를 깨달았을 때는 이미 기차가 달리고 있었다. 검표원은 금세 동생을 발견했고, 불행히도 그 이후는 내가 아는 대로다.

이제 리브는 지쳐서 잠들었다. 장난꾸러기 같은 이목구비에 가냘프고 천진한 그 얼굴을 보자 그 애를 원망할 수가 없었다. 그렇지만 리브가 나를 감시하지만 않았다면, 나를 따라오지만 않았다면 나는 꿈을 이루었을 텐데. 손끝에 꿈이 닿을 찰나에 이렇게 비참하게 실패하다니... 또다시 분통이 터지고 굴욕감이 느껴졌다. 오랫동안 훈련했는데 부정 출발로 일생일대의 경기를 망친 육상 선수가 된 기분이었다. 좀 오버스럽긴 해도 거의 그런 셈이다. 내 머릿속에서는 모든 게 모래성처럼 와르르 무너졌다. 제롬 륄리에 팀은 어떻게 생각할까? 신느가 자기들을 바람맞혔다고 생각할 것이다.

나는 전화기를 차마 다시 켜지 못했다. 아빠나 엄마의 메시지를 받을까 봐 너무 겁이 났다. 어떡하지. 엄마! 내가 엄마에게 거짓말을 했고 그뿐 아니라 몰래 신용카드까지 훔쳐 썼다는 사실을 알게 되면! 손님의 샤넬 드레스를 가지고 떠났다는 걸 알게 되면! 내가 아는 사람 하나 없는 파리에서 혼자 24시간을 보낼 생각이었다는 걸 알게 되면! 엄마의 마음은 찢어질 것이다.

갑자기 내가 한 짓의 심각성을 실감했다.

대체 내가 뭘 한 거지? 대체 머릿속에서 무슨 일이 벌어졌기에 세상에서 가장 사랑하는 사람들에게 거짓말을 하고 카드까지 훔친 거지? 아빠와 엄마가 어제 '신뢰'를 얘기하지 않았나? 조와 루이종은 내가 비참하게 실패한 걸 알게 되면 뭐라 할까? 그리고 엘리오트는? 그도 이 얘기에 대해 분명히 알게 될 텐데, 그러면 신느가 없었다는 걸 알게 될 텐데! 내가 자기에게 완전히 거짓말한 걸 알게 될 텐데! 내가 자기를 조롱했다고 생각할 텐데! 내가 모두에게 거짓말을 한 걸 알게 될 텐데! 나는 부모님에게 블로그에 대해 말해야 할 테고, 부모님은 내가 미쳤다고 생각할 것이다! 최근 몇 달 동안 내게 무슨 일이 일어나서 지금 이 지경이 된 걸까? 지금껏 이처럼 비참해 본 적이 없었다. 이렇게 추락하고 나서 어떻게 다시 일어날까?

검표원이 기차가 몽파르나스 역에 들어선다고 알리자 내 발밑으로 거대한 구렁텅이가 열리는 게 보였다. 그 속에 떨어져 영원히 사라지고만 싶었다. 검표원은 내 얼굴이 창백한 걸 보았는지 나를 걱정하는 듯했다. 훨씬 연민 어린 태도를 보였다.

"학생, 걱정하지 말아요. 경찰관들은 무섭지 않아요. 부모님이 오시는 동안 두 사람을 잘 돌봐줄 거예요."

'부모님'이라는 말을 듣자마자 울고 싶어졌다. 나는 공포에 사로잡혔고 끔찍이 슬펐다. 동시에, 한편으론 마음이 놓였다. 더는 숨길 필요가 없게 되었으니까. 나는 모든 걸 털어놓고 토해내고, 거짓말과 배신으로 가득 찬 내 보따리를 비울 것이다. 운명에 맡기는 수밖에! 당장은 너무 부끄러워서 마음이 불편했다. 이보다 더 나쁠 수가 없었다. 나는 지난번의 악몽을 다시 떠올렸다. 그 악몽이 예지몽이었을 줄이야. 나는 부모님이 나를 원망하지 않기만 진심으로 바랐다. 적어도 나를 집과 마음에서 내쫓지 않기를 바랐다. 그렇게 믿으려고 애썼다. 당장엔 아무것도 확신할 수가 없었다.

나는 조용히 리브를 깨웠다. 리브는 비몽사몽 비틀거리며 한순간 주변을 살폈다. '여기가 어디지?'라고 생각하는 것 같았다.

"리브, 도착했어."

"어디?"

"파리, 몽파르나스 역이야."

내가 좀비 같은 목소리로 말했다.

나는 파리에 왔다! 그토록 꿈꿔왔는데 드디어 왔다. 그런데 에펠탑 귀퉁이조차 보지 못하리라는 걸 안다. 리브는 어쩔 줄 몰라 쩔쩔매며 나를 쳐다보았고, 백 번도 넘게 사과했다. 그러나 그 애한테 사과를 받아 뭘 하나. 내 눈에는 동생이 이 실패의 책임자다. 내 계획은 완벽했고, 모든 게 물 흐르듯 흘러갔다. 나는 모든 걸 예상해두었다. 다만 사소한 한 가지만 빼고. 리브, 내 여동생 말이다. 아니 최악의 적이라고 해야 할까. 리브 때문에 내게는 수치스러운 낙인이 영원히 찍혔다. 이런 내 말이 그리 과장이라고 생각하지 않는다. 내 인생은 전에도 이미 멋질 게 없었는데, 이젠 지옥이 될 것이다.

25

　기차가 멈춰 섰다. 검표원은 먼저 모든 승객이 내릴 때까지 기다리라고 말했다. 나는 내 앞자리 부인이 플랫폼에 내리는 걸 보았다. 우리는 서로를 쳐다보았다. 부인의 눈길에는 연민과 의문이 가득했다. 부끄러워서 나는 눈을 내리깔았다. 저 사람 눈길조차 견디지 못하면 엄마는 어떻게 쳐다보지? 그리고 아빠는? 아빠빠... 나는 억지로 눈물을 참았다. 지금은 울 때가 아니다. 나중에 얼마든지 시간이 있을 것이다. 어쩌면 평생 울어야 할지도 모른다.

　제복을 입은 남자 경찰과 여자 경찰이 우리를 만나러 왔다.

　"여기 제가 말씀드린 두 학생이에요!"

　검표원은 우리를 넘기게 되어 안도하는 것 같았다.

　여자 경찰관이 리브의 키에 맞춰 무릎을 꿇더니 손을 잡고 물었다.

　"네가 리브구나?"

그녀가 리브에게 말하는 방식에서 나는 그녀도 누군가의 엄마라는 걸 느꼈다. 경찰관 제복 너머로 우리를 안심시키고 싶어 하는 것 같았다. 그러나 리브는 잔뜩 주눅 들어 대답도 못하고 그저 고개만 끄덕였다. 그 작은 애가 책가방을 맨 채 그 큰 역에 서 있는 걸 보니 기분이 묘했다. 정말 이상했다. 그곳은 그 애가 있을 곳이 아니었다. 친구들과 학교에 있어야 했다. 인생은 정말이지 깜짝 선물을 많이 준비하고 있다. 그런데 어떤 깜짝 선물들은 그리 좋다고 할 수 없는 것들이다.

"자, 경찰서로 데려다줄게. 핫초코를 줄 거야. 너희 부모님이 오고 계셔. 배고프니?"

"우리를 체포하시는 거예요?"

리브가 막 눈물이 쏟아질 것 같은 얼굴로 물었다.

"아냐, 걱정 마. 부모님이 오실 때까지 기다리며 함께 있어주려는 것뿐이야. 두 분이 많이 걱정하고 계셔. 너희들이 학교에 있는 줄 아셨대."

"아마 물어보실 게 많을 것 같은데!"

남자 경찰관이 나를 쳐다보며 말했다. 나는 눈을 내리깔았다. 얼굴이 타는 듯 달아올랐고, 숨이 찼다. 내 머릿속은 두려움, 분노, 수치심, 안도, 슬픔이 한데 뒤섞여 완전히 엉망진창이었다. 마치 세탁기 속처럼 그 모든 것이 뱅글뱅글 돌았다. 이런 혼란을 느낀 건 처음이라 속이 울렁거렸다.

우리는 몇몇 사람이 호기심 어린 눈길로 지켜보는 가운데 경찰관들의 호위를 받으며 걸었다. 남자 경찰관이 내 가방을 들어주겠다고 했지만 나는 당당하게 거절했다. 어린애 취급을 받고 싶지 않았다. 파리행 기차를 혼자 탈 만큼 컸으니, 내 가방도 혼자 들 정도로 큰 것이다.

"우리 부모님은 언제쯤 도착하세요?"

나는 결국 물었다.

"다음 기차로 도착해. 15시 20분 기차야."

나는 시계를 들여다보았다. 거의 14시다. 이 시간이면 루브르에서 리볼리로 가기 위해 지하철을 탔어야 했다. 유스호스텔에 도착했다면 짐을 풀고 옷을 갈아입었을 텐데. 샤넬 드레스를 입고, 힐을 신고, 립글로스를 조금 바르고, 나의 첫 패션쇼에서 폼 잡고 걸었을 텐데! 그 대신 나는 역 근처 음산한 경찰서에서 기다린다. 나는 이것이 내 인생 마지막 파리 방문이 될 거라고 느꼈다. 파리가 빛의 도시라고? 어째서지? 내 눈에 보이는 건 음산한 형광등 불빛뿐인데.

26

"거기 앉아."

여자 경찰관이 작은 책상과 의자 둘을 가리키며 말했다. 책상 하나, 컴퓨터 하나, 식물 하나, 수배자들 얼굴과 긴급 전화들을 알리는 벽보들, 소지품. 우리가 장난삼아 그곳에 온 게 아닌 건 확실했다.

남자 경찰관이 말했다.

"너희들을 위해 샌드위치를 가져올 거야. 기다리는 동안 진술서를 작성할게."

헉!

"진술서요? 왜요?"

그 말은 무척 심각하게 들렸다. 그런 말은 영화에서나 듣는 것이지 현실에서 듣는 게 아니었다. 어쨌든 내 현실에서는.

"제가 경찰과도 곤란한 문제가 생기게 된 건가요? 제 부모님 말고도요?"

"걱정 마. 이건 그냥 절차일 뿐이야. 우리나라는 서류를 정말 좋아하잖니!"

경찰관 아저씨가 분위기를 풀어주려고 애쓰는 게 보였다. 우리가 경찰서에 온 뒤로 나는 한 마디도 하지 않았다. 리브는 가방을 열고 소지품을 꺼냈다. 필통과 사인펜을.

여자 경찰관이 종이를 내밀며 말했다.

"자, 그림을 그리렴. 보다시피 이곳엔 장식이 좀 부족하잖니!"

리브가 예쁜 미소를 지었다. 그 애에겐 모든 게 해결된 것 같았다. 동생은 어린아이의 태도를 되찾았다. 이제 그림도 그리고 색칠도 할 수 있을 것이다. 동생은 다가오는 먹구름을 보지 못했다. 나는 곰곰이 생각했고, 전화기를 켜는 게 어쩌면 나쁘지 않을 거라는 생각이 들었다. 그저 메시지가 왔는지만 확인하면 어떨까... 어떤 편이 더 나쁜지 모르겠다. 메시지를 열다섯 개 받는 것 아니면 메시지가 하나도 없는 것?

전화기를 켜자 신호음이 연이어 울렸다. 음성 메시지 다섯 개와 열 통 가량의 부재중 전화 알림이었다. 발신자가 거의 부모님이었다. 전혀 낙관적인 신호로 보이지 않았다. 나는 용기를 내어 메시지를 듣기로 마음먹었다.

오전 11:25

봉주르 신느, 제롬 릴리에 씨의 비서 오드리입니다. 쇼가 끝나고 칵테일 파티에 남아주길 희망합니다. 혹시 늦으시더라도 걱정 마세요. 자리를 잡아두겠습니다. 조금 있다 봬요!

끔찍하다. 나는 괴로웠다. 지금 내가 어디에 있는지 저들이 안다면! 다른 사람들이 제롬 릴리에의 가을 겨울 시즌 컬렉션에 쏟아지는 스포트라이트를 보며 황홀해하는 동안 나는 경찰서의 누르스름한 불빛 아래에서 시들어가다니.

> 오전 11:31
>
> 레아, 엄마야. 무슨 일인지 얘기해줄 수 있어? 파리 경찰관이 가게로 전화해서 네가 리브와 함께 기차에 탔다고 하는구나. 이게 대체 무슨 일이니? 불안해 죽겠구나! 설명해줘!

> 오전 11:33
>
> 레아, 아빠야. 네 엄마가 완전히 혼이 나가서 전화를 걸었어. 우리는 충격받은 상태야! 네가 우리한테 거짓말을 했어? 학교에 전화를 걸었더니 네가 결석했다는구나! 파리행 기차라니 이게 무슨 일이야? 네 동생을 데리고 가다니 너 완전히 정신이 나갔구나! 대체 문제가 뭐야?

부모님이 보낸 세 번째 메시지에서 나는 더 이상 듣지 못하고 눈물을 쏟았다. 여자 경찰관이 도우러 와서 나를 달래려 애썼다. 그녀는 핫초코를 마시게 하려고 자판기 쪽으로 나를 데려갔다. 하지만 그걸로도 진정되지 않자 엄마가 하듯이 나를 품에 안았다. 내가 이렇게 경찰관과 애정을 나누게 될 줄이야! 어쨌든 그게 통해서 나는 울음을 그쳤다. 엄마가 안아줬더라면 더 좋았겠지만. 그러나 엄마가 나를 보면 품에 안고 싶어 할까 확신이 들지 않았다. 게다가 아빠도. 부모님이 이제 더 이상 나를 사랑하지 않으면 어떡하지? 내가 그들에게 사랑받을 자격이 없다면? 나는 바보가 아니다. 부모님은 리브를 탓하지 않을 것이다. 이 모든 일이 내 책임이라고 판단할 것이다. 동생이 이 기차에 타는 걸 내가 원한 적이 없었더라도. 불공정한 일이다. 부모님은 나를 벌하면서 리브를 끌어들였다는 것까지 혼낼 것이다. 나는 곧 닥칠 일이 겁이 났다. 거의 공포에 사로잡혔다.

사무실로 돌아왔을 때 리브가 전화 통화를 하고 있었다. 리브도 울먹였다.

"엄마 사랑해! 네, 있어요. 돌아왔어요. 바꿔드릴까요?"

리브가 나를 쳐다보더니 미안한 표정으로 전화를 끊었다. 설명할 필요도 없다. 엄마가 나와 말하고 싶어 하지 않는 거다. 나는 아무 일 없었던 것처럼 코를 훌쩍이고는 동생 옆에 앉았다.

"엄마가 뭐래?"

결국 물었다.

"한 시간 안에 도착하신대. 그리고 바로 집으로 돌아갈 거래."

대박이다. 아장, 파리, 몽파르나스 역 경찰서, 그리고 파리, 아장 여행을 하게 됐으니. 해 볼 만한 여행이었다! 이럴 줄 알았다면 학교에 남아 있을걸! 이럴 줄 알았다면 이렇게 위험한 여행을 절대 기획하지 않았을 텐데, 이럴 줄 알았다면 절대 거짓말을 하지 않았을 텐데, 이럴 줄 알았다면 그 블로그를 절대 하지 않았을 텐데. 이럴 줄 알았다면.

♥ 27

나는 헤드폰을 꼈고, 루안의 노래는 내 상황을 거의 잊게 해주었다. 노래 몇 곡을 듣는 동안 나는 다른 곳에 있었다. 그러다 갑자기, 잡음이, 분주한 움직임 같은 것이, 소란이 느껴졌고, 친근한 목소리와 발소리가 들리더니 문이 벌컥 열렸다. 문 앞에 그들이 조각상처럼 굳은 채 서 있었다. 엄마는 힐끗 내게 눈길을 던졌고, 엄마가 두 팔을 벌리자마자 리브가 울며 달려갔다.

"리브! 내 막내딸! 얼마나 걱정했는지 아니!"

아빠는 두 여자 곁에 서서 두 사람을 품에 안았고, 내게는 눈길조차 주지 않았다. 나는 고개를 떨구고 있었지만 모두를 보고 관찰할 수 있었다. 나는 관심을 끌려는 듯 코를 훌쩍였다. 나도 존재하는데!

여자 경찰관이 친절하게 문을 닫고 나가며 말했다.

"시간을 좀 드릴게요. 이따 진술서에 서명하고 떠나시면 됩니다. 아무 문제 없어요. 뭐가 잘못된 게 아니라 걱정한 것뿐이니까요."

경찰관은 내게 눈을 찡긋했다. 마치 이렇게 말하는 듯했다. "용기를 내. 거쳐야 할 거북한 순간일 뿐이야. 그래도 다 잘될 거야."

사무실 안에 우리만 남았다. 곧 분위기는 숨 막힐 듯 무거워졌다. 나는 용감하게 눈을 들었고, 부모님이 나를 쏘아보는 걸 보았다. 내가 어떤 소스에 발라져서 먹히게 될지는 알 수 없었지만, 두 사람의 눈길을 보고 아주 골치 아픈 상황이 되리라는 걸 직감했다.

"레아, 무슨 일인지 설명해주겠니?"

아빠가 물었다. 아빠의 말에서 화를 억누르는 게 느껴졌다. 그것이 소리 지르는 것보다 더 무서웠다.

나는 말을 하고 싶었지만 말이 나오지 않았다. 아무것도, 한 마디도, 소리조차 나오지 않았다. 내 목구멍은 꽉 막혀 있었다. 거대한 응어리가 막고 있었다. 나는 바보처럼 침만 삼켰다. 부모님의 거친 숨소리가 들렸다.

"레아, 아빠가 질문을 했잖니! 최소한 설명은 해야 할 것 아냐! 뭘 하느라 파리행 기차를 탄 거야?"

엄마도 화를 참느라 무진장 애썼지만 높아진 목소리는 화를 감추지 못했다. 엄마는 당장이라도 폭발할 듯했다. 두 사람은 기차를 타고 오면서 '이 위기 상황을 타개할 방법'에 대해 협의했던 모양이다. 그때 내 눈에서 예고 없이 폭포 같은 눈물이 터져 나왔다. 리브의 눈물은 아무것도 아니었다! 나는 나도 모르게 엄마 품에 절망적으로 매달렸다. 홍합이 바위에 달라붙듯 있는 힘껏 엄마를 움켜잡았다. 우리의 눈물이 뒤섞였고, 마침내 엄마 목소리를 들으니 겨우 마음이 가라앉는 듯했다.

"애야, 머릿속에서 대체 무슨 일이 일어난 거니?"

이 다정한 말에 눈물이 더 펑펑 쏟아졌다. 아빠 팔이 나를 감싸 안고 리브도 이 인간 스크럼을 비집고 끼어들어 자리를 잡으려 하는 게 느껴졌다. 사무실 문이 반쯤 열렸고, 여자 경찰관이 우리를 다정하게 쳐다보았다. 우리는 팔 여덟 개와 다리 여덟 개가 달린 한 덩어리가 되었다. 완전체 뮐레르 가족!

"자, 이제 가족이 모두 모이셨으니 서류 몇 군데에 서명만 하시면 보내드리겠습니다."

나는 우리 모두 얼른 집으로 돌아가고 싶어 한다고 생각했다. 아빠가 서류에 서명하는 동안 엄마는 우리들 머리카락을 쓰다듬으며 똑같은 말을 반복했다.

"내 딸들, 내 딸들."

"갈까?"

아빠 말에 내가 코를 훌쩍이며 대답했다.

"네, 집에 가고 싶어요!"

"나도요!"

리브도 외쳤다.

"가자, 기차 놓치지 말아야지!"

엄마가 한숨을 내쉬며 말했다. 기차가 10분 뒤에 떠나기에 우리 셋은 아빠 뒤에서 달렸다. 그 순간만큼은 즐거울 뻔했다. 모두 자리를 잡고 한숨 돌리고 나자 아빠와 엄마가 나를 바라보았다. 이렇게 묻는 표정이었다. "자, 이제 모든 걸 설명할래?"

그런데 어디서부터 시작해야 하나?

28

"제 말을 끊지 말아주세요. 안 그러면 다 얘기하지 못할 거예요."

부모님은 알아들었다는 걸 보여주려고 고개를 끄덕였다. 리브마저 규칙을 받아들이고 혹시 어길까 봐 입술을 꽉 깨물었다. 그것이 그 애에게 얼마나 힘든 일인지 나는 잘 알았다. 세 사람은 마치 가지 위에 앉은 세 마리 부엉이처럼 나를 응시했다. 동그랗게 뜬 눈들이 온 관심이 내게 쏠린 걸 말해주었다. 부모님이 손을 잡고 나를 위해 함께 그곳에 있었다. 그 무엇도 나의 고해를 방해하지 못할 것이다. 이건 분명 고해였으니까.

"그러니까 2년 전쯤에 제가 블로그를 하나 시작했어요. 처음엔 패션에 대한 제 열정을 공유할 생각이었어요. 그런데 그 블로그에서 저는 제 실제 삶을 얘기한 게 아니라 제가 살고 싶은 삶에 대해 얘기했어요. 말하는 사람은 열다섯 살 레아가 아니었던 거죠. 저는 다른 사람으로 통했어요."

나는 엄마의 눈물을 보지 않으려고 애썼다. 엄마의 손이 아빠의 손을 세게 거머쥐어 손가락 관절이 하얗게 변하는 걸 보았다. 내가 하는 말이 엄마의 마음에 들지 않는다는 뜻이었다. 의자에 앉은 채 얼굴이 일그러지는 엄마를 보면서 나는 내 말이 치과 의사의 드릴 형벌과 그리 다르지 않다는 생각이 들었다. 게다가 나도 솔직히 유쾌하지 않았다. 2년 전부터 해온 나의 모든 거짓말을 큰 소리로 말하는 걸 스스로 듣자니 정말 부끄러웠다. 그래도 나는 진실을, 오직 진실만을 말해야 했다.

"다른 정체성을 가졌던 거죠. 저는 신느라는 이름을 가진 스물두 살 패션 블로거로 행세했어요."

엄마가 비명을 억눌렀다. 엄마 심장이 방망이질하는 소리가 거의 들리는 것 같았다. 엄마는 내 고백을 들으며 망연자실 절망했지만 약속을 했기에 내 고백을 끊지 않으려고 아무 말도 하지 않았다. 그 모든 기만을 얘기하기란 쉬운 일이 아니었다.

"나쁜 의도는 아니었어요. 그저 '진짜처럼 꿈꾸고' 싶었던 거예요. 그 삶에 비해 제 진짜 삶은 너무도 보잘것없고 밋밋하고 시시해 보였으니까요. 가짜 이벤트를 기획하고, 제가 '꿈꾸는 가짜 인생'으로 블로그 독자들을 꿈꾸게 하는 게 재미있었어요."

아빠는 격노했고, 리브는 부모님의 아연한 반응을 탐욕스레 살폈다. 그러나 최악은 아직 나오지 않았다. 부모님에게도 내게도 점점 더 받아들이기 힘든 얘기가 나올 것이다.

"그런데 최근에 한 스타일리스트가 저를 초대했어요. 아니 신느를 패션쇼에 초대했어요. 그게 파리에서 열리는 거였고... 너무도 유혹적인 초대여서..."

나는 망설였다. 그 이후를 얘기하기가 겁났다. 그러나 아빠와 엄마는 내게 선택의 여지를 남겨주지 않았다. 두 사람의 눈길은 점점 더 집요해졌다. 자 레아, 몇 가지만 더 폭로하면 끝이야. 이 형벌을 끝내. 반창고를 뗄 때처럼 단번에 가야 해!

"제가 갈 수 있겠다고 생각했어요... 그래서 기차표를 샀고..."

"어떻게 샀어? 무슨 돈으로?"

아빠가 즉각 물었다. 나는 아빠의 눈길을 견딜 수가 없었다.

"엄마 신용카드로..."

이 말에 엄마가 의자에서 펄쩍 뛰었다.

"잠깐 좀 쉬어야겠어!"

엄마는 내게 눈길조차 주지 않고 객차에서 나갔다. 나는 엄마가 등 돌린 채 몸을 들썩이며 눈물을 훔치는 걸 보았다. 너무도 부끄러웠다. 아빠 눈길이 레이저 건처럼 나를 꿰뚫고 지나갔다. 나 스스로도 어떻게 내가 부모님에게 이런 짓을 할 수 있었을까 싶었다! 나는 영화 속 악녀가 된 느낌이었다!

엄마가 다시 돌아왔다. 엄마 눈은 울어서 빨갛게, 화가 나서 까맣게 되었다. 다음 얘기를 들으면 어떻게 반응할까?

"그러니까 네가 내 신용카드를 훔쳤다는 거지! 그리도 또?"

엄마는 내가 한 번도 본 적 없는 냉소적인 표정으로 물었다. 엄마의 가혹한 말투가 나를 아프게 했지만 당연했다. 그래도 끝까지 가야만 했다. 나는 고개를 들고 엄마 얼굴을 마주하고 말했다.

"샤넬 드레스도 훔쳤어요..."

"뭐라고?"

이번에는 엄마도 참지 못하고 소리를 질렀다. 리브는 무성영화에 어울릴 법한 과장된 표정을 지었다. 다른 상황 같았으면 나는 웃음을 터뜨렸을 것이다.

"패션쇼에 참석할 때 그 드레스를 입고 싶었어요..."

곧바로 따귀가 날아왔다. 그것이 차라리 내 마음의 짐을 덜어주었다. 뺨은 아프고 화끈거렸지만 나를 물고 늘어지는 부끄러움이 더 컸다. 그 거짓말은 엄마에게는 너무도 큰 거짓말이었다. 엄마를 속이고 배반하고 엄마 물건을 훔치는 건 넘어갈 수 있다. 하지만 병원에 입원한 엄마 손님을 속이고 그 물건을 훔치는 건 있을 수 없는 일이었다. 엄마 마음이 너무도 잘 이해되었다! 그 드레스는 엄마 것이 아니라 어느 부인이 엄마에게 맡긴 것이다. 그 부인은 평생의 추억인 그 드레스를 내게 공유해주었다. 그런데 내가 모든 걸 망쳤다. 나는 그분도 배반한 것이다. 대체 내가 뭐라고 그렇게 행동했던 걸까?

따귀가 날아온 뒤에는 모두가 입을 다물었다. 아빠와 엄마는 객차 밖으로 나가 비밀 얘기를 나누었다. 다만 두 분 태도를 보니 비밀이랄 게 없었다. 아빠는 엄마를 품에 안았다. 엄마 눈물을 닦아주고, 코와 입에 입 맞추고 아이를 달래듯이 등을 토닥였다. 나를 매섭게 쏘아보며. 나는 옴짝달싹하지 않았다. 의자에 앉은 채 굳어버렸다. 이젠 아무 기운도 없었다. 책을 읽을 수도 음악을 들을 수도 없었다. 풍경이 지나갈수록 마음속 긴장은 차츰 가라앉았다. 침묵이 평온을 안겨주었다. 내 정신과 신경을 쉬게 해주었다. 나는 내 삶을 돌아보았다. 비참했다! 나는 어떻게 될까? 조와 루이종에게는 뭐라고 말

167

할까?

빠져나갈 핑계 없고 거짓말 없는 내 인생은 어떤 모습이 될까?

29

파리 탈주 이후 나흘이 흘렀다. 나흘 동안 내 인생은 엄청나게 변했다고 말할 수 있다. 좋게 변한 건지 나쁘게 변한 건지 모르겠다. 단정하기엔 아직 너무 이른 것 같다. 다만 파리 이전과 파리 이후가 있다는 건 분명하다. 이제 나는 부모님에게 내가 한 짓이 얼마나 나쁜지 안다. 내가 최근에 한 거짓말뿐만 아니라 몇 달 전부터 속여왔다는 사실도 두 분을 슬프게 했다. 내가 비밀을 잘 지킨다고 생각한 것이 부모님에게는 배신이었던 것이다. 내가 내 삶을 사랑하지 않는다는 사실도 엄마 아빠의 머리를 한 대 후려친 셈이었다. 부모님은 나를 행복하게 해주려고 최선을 다하는데, 마치 내가 그들에게 "분발이 요구된다", "공부가 충분하지 않다", "의욕이 부족하다" 따위의 말을 쏟아낸 거나 마찬가지였다. 이건 삼키기 고약한 약이었다.

나는 이 일이 부모님을 화나게 하리라는 걸 알았지만 이렇게까지 슬픔에 빠뜨릴 거라곤 생각하지 못했다. 나는 내 방으로, 내 침대로 돌아온 것이 기뻤다. 솔직히 말하자면 그 유스호스텔에서 낯선 사람들 틈에서 혼자 자려면 무서울 것 같았다. 조와 루이종은 바롱 쌤이 내가 떠난 날 불러서 나에 관해 이것저것 질문을 던졌다고 말했다. 그리고 내가 수업을 빼먹고 가짜 결석 이유를 써낸 죄로 학교에서 며칠 동안 정학당했다는 사실도 알게 되었다. 그건 나의 긴 범죄 목록에 더해질 또 하나의 범법 행위였다.

몇 시간의 숙고와 오랜 기다림 끝에 '배심원단'이 판결을 내렸다. 나는 전화기와 컴퓨터, 그리고 외출을 금지당했고, 토요일 아침마다 아빠를 도와 빚을 갚아야 한다. 그리고 엄마의 손님인 뒤발 부인을 찾아가 용서를 구해야 한다. 화룡점정으로 정신 상담까지 받아야 한다! 나를 환자 취급하다니! 몇 주 전엔 나한테도 심리 상담사가 있다면 아주 '기깔나겠다고' 생각했는데! 내 인생은 고약한 농담처럼 흘러간다!

그러나 부모님은 협상 여지가 있는 일이 아니라며 내 행동의 심각성을 '의식하도록' 적어도 한 번은 반드시 상담사를 만나야 한다고 말했다. 이제 나는 '비극'에 끌리는 리브의 성향이 어디서 온 건지 알겠다! 외출, 전화기, 컴퓨터 금지도 나로선 극복하기 힘들어 보이지만 공명정대한 처벌이라고 이해하겠으나 정신 상담이라니? 솔직히 이건 너무 심하지 않나!

30

"안녕, 레아."

"안녕하세요."

"무슨 일인지 얘기해주겠니? 네가 왜 여기 온 건지 알지?"

나는 경계심을 품고 마주 앉은 심리 상담사 몰리니에 부인을 쳐다보았다. 50대쯤 된 것 같았다. 50대 아주머니가 청소년인 내 인생을 어떻게 이해할 수 있을까? 상담실은 환하고 밝았다. 나는 붉은 소파에 앉아서 책장에 꽂힌 책들을 훑었다. 이 부인이 저걸 전부 읽었을까 생각했다. 이 분이 '두뇌'인 건 분명했다. 갑자기 내가 너무도 왜소하게 느껴졌다. 그러나 이 부인은 나를 판단하지 않고 호의를 품은 채 바라보았다. 내가 말할 준비가 되길 기다렸다. 그런데 내가 잘 말할 수 있을까? 이미 모든 걸 고백한 느낌인데. 나는 거짓말을 했고, 훔쳤고, 배반했다. 그 이상 더 뭘 말하나?

"제 부모님께서 만나보라 하셔서요."

이 말에 부인은 미소를 지었다. 머리카락은 희끗했지만 그렇게 '나이 든' 것 같지 않았다. 눈길이 날카로웠고, 나이에 비해 주름이 거의 없었다. 호감 가는 우아한 분이었다. 교수일 텐데 심지어 쿨하다는 생각마저 들었다. 이분이 **나의** 심리상담사다. 아무도 내게 동의를 구하지는 않았지만.

"그럼 너는 오고 싶지 않았는데 온 거지?"

상담사는 오히려 재밌어하는 듯 보였다.

"제가 오겠다고 한 건 분명 아니에요."

"너 열다섯 살 반이지, 맞아?"

"네, 이젠 어린애가 아니지만 그렇다고 성인도 아니라는 걸 저도 알아요."

나는 약간 허세를 부리며 흥미 잃은 얼굴로 말했다.

몰리니에 부인은 마치 그림이나 예술 작품이라도 바라보듯 주의 깊게 나를 응시했다. 그런 눈길로 나를 압박했다.

"레아, 난 너한테 설교할 생각 없다. 그저 어째서 네 삶이 그렇게 형편없다고 느껴서 낯선 사람들에게 보여줄 다른 삶을 지어내야 겠다고 생각했는지를 알고 싶은 거지."

"모르겠어요."

대답하고 보니 정말 이상했다. 그런데 거짓말이 아니라 정말 모르겠다.

"레아, 네 인생이 형편없어?"

"어쨌든 별로 일어나는 일이 없잖아요."

"그렇지만 넌 상상력이 부족하지 않잖니."

물렸군. 레아, 넌 걸려들었어!

"네 부모님의 말씀을 듣자 하니 네가 패션에 관심이 많다더구나."

"네네, 제가 잘못한 거 알아요. 다시는 안 그럴 거예요, 됐죠?"

"나도 네가 그럴 거라고 생각해, 레아. 그렇지만 좀 전에 말했듯이 내가 관심 있는 건 네가 거짓말하도록 내몬 게 뭘까 하는 거야."

"제가 저의 진짜 삶에 관한 블로그를 했다면 쓸 게 아무것도 없었을 거예요! 제 삶에는 아무 일도 일어나지 않으니까요! 저는 시골 작은 마을에 살고, 고등학교에 다녀요. 가장 친한 친구들은 멀어지고, 저는 그저 꿈꾸기만 하는걸요!"

"너 사랑받지 못한다고 생각하니?"

상담사가 느닷없이 허를 찔렀다. 마치 볼링 핀을 단번에 와장창 쓰러뜨린 것처럼 정확히 맞췄다. 이제야 나는 깨달았다. 왜 내가 그분과 함께 상담실에 있는지, 왜 거짓말을 했고, 왜 다른 인생을 지어내려고 했는지 이해했다. 그 블로그로 나는 모두의 감탄을 사고 싶어 한다고 생각했는데, 실은 그저 몇 사람의 관심을 끌어 사랑받는다고 느끼고 싶었던 것이다. 많은 낯선 이들과 교류하고, 몇몇 사람들과 가상 관계를 맺으면서 나는 가까운 사람들한테서 잃어버린 사랑을 채운다고 생각했다. 조와 루이종이 멀어진 것이 아마도 나를 불안에 빠뜨렸나 보다. 나는 남들과 달라서 외톨이고 관심받을 자격조차 없는, 하잘것없는 사람이 된 느낌이었다. 스스로 나를 소외시켰던 것이다. 그래서 블로그로 폐쇄된 가상 공간을 만들었던 것이다. 나는 일상에서 벗어난다고 생각했는데, 사실은 일상을 빈곤하게 만들었을 뿐이다. 내 삶은 특별하지 않을지 몰라도 부모님이 내게 주는 사랑은 특별하다. 나는 사랑받고, 지지를 받고, 보살핌을 받는 행운을 누린다. 내가 그런 잘못을 했는데도 부모님은 나를 내치지 않는다. 나를 걱정하고 보호하려고 애쓰고, 내가 왜 그렇게 행동했는지 이해하려고 애쓴다. 그런 부모님을 둔 것은 얼마나 큰 행운인가! 나는 이제 열다섯 살이니 내 꿈을 펼칠 일생이 내 앞에 충분히 놓여 있다.

"아뇨. 저는 사랑받는다고 느껴요. 늘 그렇게 느꼈고요. 그렇지만 그걸 보지 못했거나 충분하지 않다고 생각했었나 봐요. 무슨 생각이 들었던 건지 모르겠지만 저는 저 자신에게도 타인들에게도 잘못했어요. 저는 대리인을 내세워 살았어요. 그렇지만 이젠 알겠어요. 모든 게 잘못됐다는 걸요. 아무리 단순한 삶이라도 자기 삶을 강렬히 사는 게 좋죠, 다른 사람의 인생을 꿈꿀 게 아니라. 제 인생을 가꾸고 풍요롭게 만드는 거야말로 제가 할 일이라는 걸 이제 알아요."

몰리니에 부인이 내게 미소를 지었다.

"레아, 넌 아주 똑똑한 아이야. 네 자각이 진심인 것 같구나. 네가 원한다면 이제 나를 더 안 만나도 되겠어. 하지만 여기 문은 언제나 열려 있으니 오고 싶을 땐 언제라도 다시 와도 좋아. 그럼 되지?"

"네, 고맙습니다. 그럴게요. 망설이지 않을게요. 약속해요."

"잘 가라, 레아. 너한텐 진짜 열정이 있어. 그건 행운이야. 잘 가꿔 봐. 너만의 방식으로!"

자리에서 일어설 때 나는 그곳에 들어설 때보다 마음이 훨씬 가볍고 편안했다. 마치 상담사가 장막을 걷어준 것 같았다. 내 인생은 형편없지 않다. 삶을 바라보는 내 눈길이 형편없었을 뿐. 나는 다시 사는 느낌, 숨 쉬는 게 편해진 느낌이 들었다. 이러쿵저러쿵할 것 없이, **나의** 심리 상담사 몰리니에 부인은 최고다!

31

그러나 내가 아빠 엄마와 맺은 계약 중 제일 힘든 일은 몰리니에 부인을 만나는 게 아니었다. 지금 생각해보면 그게 가장 편한 일인 것 같다. 그게 가장 힘든 거였다면 계약은 정말 별게 아니었을 거다.

엄마는 내게 예고했다. 엄마 손님인 뒤발 부인에게 용서를 구해야 한다고. 예쁜 편지지를 꺼내 사과 편지를 쓴다고 될 일이 아니었다. 직접 만나서 눈을 마주 보고 생생한 목소리로 사과해야 한다는 것이다. 오늘 나의 희생자를 만나러 간다. 물론 캐스터네츠를 치며 가진 않을 거다! 다행히 드레스는 여행 동안 전혀 망가지지 않았다. 뽁뽁이 포장지에 싼 건 좋은 생각이었다. 드레스는 그대로였다. 엄마는 돋보기를 들고 바느질을 세세히 검사했다. 올 풀린 것 하나조차 발견하지 못했다. 드레스는 '새것' 같았다. 휴우! 엄마가 말했듯이 이런 드레스는 값을 매길 수 없는 것이다. 하나뿐인 작품, '박물관에 있어야 할 작품'이었다.

엄마가 드레스를 맡긴 손님에게 연락했을 때 그분은 막 병원에서 퇴원한 참이었다. 나는 드레스 얘기에 손님이 다시 병원으로 가게 될까 봐 잠시 겁먹었다. 다행히 뒤발 부인도 나처럼 심장이 튼튼했다!

나는 한 손에는 드레스를, 다른 손에는 케이크를 들고 길을 나섰다. 내가 온 마음을 담아 직접 만든 케이크였다. 집에서 만든 '요구르트 케이크'로 그분을 구슬려보려는 게 아니라 이런 마음을 혹시 알아줄까 생각한 것이다... 모든 시도는 해볼 만하잖아. 적어도 대화의 물꼬는 틀 수 있을 것이다. "안녕하세요. 제가 케이크를 하나 만들어보았어요." 게다가 엄마는 나와 함께 가길 딱 잘라 거절했다. 내가 혼자서 내 잘못을 책임져야 한다고 말했다. 어쨌든 내가 파리까지 혼자 갈 수 있다면 80대 부인도 혼자서 대할 수 있는 것이다. 논리적이다! 다만 논리가 내게는 아무런 도움이 되지 못하는 게 문제이지.

오후 3시 무렵 나는 그분 집 초인종을 누를 참이었다. 층계참에서는 아무 소리도 들리지 않았다. 혹시 낮잠을 주무시는 건 아닐까? 그 연세에는 아기처럼 많이 자는 거 아닌가? 죽지는 않았어야 할 텐데! 병원에 있었다는 걸 보면 건강이 나쁜 모양인데... 나는 용기를 내어 초인종을 눌렀다. 몇 초 뒤 슬리퍼 소리가 들리더니 문이 열렸다.

"네?"

"안녕하세요. 저 레아예요. 레아 뮐레르."

"아 안녕, 레아, 들어와!"

뒤발 부인은 나를 보고 행복해하는 것 같았다. 이상하다. 혹시 치매인가? 훔친 드레스 이야기를 완전히 잊은 건 아닐까? 차라리 그랬으면 좋겠다. 나는 두려움을 0에서 10단계로 나눈다면 11단계까지 겁먹었으니까.

그런데 뒤발 부인은 전혀 무서워 보이지 않았다. 키도 작고 몸도 호리호리하고, 아주 우아했다. 희끗한 머리카락 때문에 얼굴이 환하게 빛났고, 투명한 눈도 돋보였다. 아주 예쁜 검정 원피스를 입었는데, 몸매를 살려주는 소박하면서도 맵시 있는 옷이었다. 나는 검은 슬리퍼를 신고 머리에 헤어 롤러를 만 '할머니'를 예상했는데, 나이 지긋하고 아담한 귀부인이 장난기 어린 눈길로 나를 쳐다보았다.

"들어와요! 거실로 가요. 내가 찻물을 끓일게."

형벌을 예상했는데 정중한 방문이 되어간다.

거실은 작지만 주인처럼 예쁘장했다. 벽에는 옛날 패션 사진들이 보였다. 몇몇 사진에서 40년쯤 젊은 뒤발 부인이 재단실에 앉아 있는 걸 알아보았다.

"케이크를 가져왔어? 그럴 필요 없었는데!"

"그래도요... 별것 아닌걸요."

나는 완전히 마음이 편안해졌다. 부인이 갑자기 '정신이 들어' 버럭 화를 낼까 봐 겁이 나긴 했다. 아무리 그래도 샤넬 드레스를 훔쳤는데! 부인의 태도는 당황스러웠다.

"너, 엄마를 닮았구나! 엄마만큼 예쁘네!"

아, 알았다. 이거 함정이군. 나를 더 잘 혼내려고 친절을 가장하는 거지. 그게 아니라면 나를 더 죄책감에 빠뜨리려는 건지도 몰라. 이렇게 상냥한 노인의 물건을 훔치다니 어떤 괴물이 그런 거야! 아니면 내가 번지수를 잘못 찾은 건가? 우리가 완전히 오해한 건가? 이 분은 완전히 이성을 잃어서 나를 안다고 착각하는 걸까?

"세탁소를 운영하는 로르 밀레르에 대해 말씀하시는 거 맞지요?"

"그럼, 달리 누구 얘길 하겠어?"

우리는 잠시 서로를 쳐다보았다. 미지수가 둘인 방정식을, 해결할 수 없는 문제를 해결하려고 고심하듯이.

"그런데... 화나지 않으셨어요?"

나는 초조하게 손가락을 비틀며 물었다.

"왜? 드레스 때문에?"

"네! 드레스 때문에요!"

마침내 주제를 꺼내놓자 마음이 놓이는 기분이었다. 몇 분 동안 언저리를 빙빙 도느라 미치는 줄 알았다.

"제가 훔친 드레스 말이에요!"

나는 그녀의 기억을 되살리기 위해 '훔친'에 힘을 주어 말했다.

"네 엄마가 말했어. 네가 조심스럽게 간수해서 전혀 망가지지 않고 그대로라고."

나는 마음이 녹아버렸다. 이렇게 매력적이고 귀여운 노부인은 한 번도 만나본 적이 없었다. 할머니가 없는 나는 이 노부인이 친할머니처럼 좋아졌다.

"네, 맞아요. 정말 아름다운 드레스예요! 보자마자 반해버렸어요. 감탄스러운 작품이에요!"

"그렇다면 너 줄게!"

부인은 그 예쁜 미소를 머금은 채 회색빛이 도는 파란색 투명한 눈으로 나를 바라보았다. 나는 웃어야 할지 울어야 할지 알지 못했다.

"저를 놀리시는 거죠? 저를 혼내시려는 거죠? 맞아요, 저는 그래도 싸요! 거짓말도 했고, 옷도 훔쳤어요. 저를 놀리시는 게 당연하지요."

"누가 너를 놀려? 레아, 장난하는 거 아냐. 그 드레스는 너 줄게. 정말 네 거야!"

내게 차를 한 잔 따라주며 부인이 말했다. 나는 부인을 품에 안았다. 숨 막히게 하지 않도록 조심조심. 그분은 내 품 안에서조차 참새만큼 연약했기 때문이다.

"정말요? 그렇지만 이해할 수가 없어요. 화나신 거 아니에요? 엄마는 화나셨거든요! 화나시는 게 당연하죠."

"네 엄마가 모든 걸 말해주었어. 네가 한 일은 아주 심각한 일이지. 그렇지만 열다섯 살에 바보 같은 짓을 하지 않으면 몇 살에 하겠니? 게다가 난 네 엄마가 아니야! 내 생각엔 엄마가 널 충분히 혼낸 것 같은데. 널 좀 보렴. 얼굴이 창백하잖니! 그 드레스는 내가 옷장에서 30년째 꺼내보지도 못했어. 그게 아직 너처럼 나이 어린 소녀마음에 든다니 행복해. 오트쿠튀르*는 시간을 초월하지! 나프탈렌냄새나 풍기고 있을 드레스는 아니잖니, 안 그래? 그리고 내 나이엔그걸 입을 수도 없고!"

---

*Haute couture. 고급 맞춤복이라는 뜻으로, 해마다 1월, 7월에 파리에서 열리는 고급 맞춤복 박람회를 가리킨다.

부인은 짓궂게 말하며 웃음을 터뜨렸다. 장난기 어린 그 웃음은 전염성이 강해서 나도 따라 웃었다. 긴장감에서 해방되니 정말 기분 좋았다. 결국 우리는 그저 웃는 즐거움을 위해 웃었다.

"나한텐 아이가 없어. 어쩌다 보니 그렇게 되었어. 지금은 그 드레스를 줄 사람이 아무도 없어. 그러니 레아, 네가 그 옷에 다시 생명을 불어넣는다면 정말 기쁘겠구나! 그걸 만드느라 200시간이나 걸렸거든! 모든 걸 손으로 작업했으니까! 한번 보게, 입어보렴."

나는 정말이지 세상이 뒤집어졌구나 싶었다! 뒤발 부인, 아니 나보고 부르라고 한 대로 '미미'는 날 원망하지 않은 데다 자기 드레스를 입으면 기쁘겠다고 했다. 그걸 주면서 내게 고마워하다니! 고약한 할머니에게 어렵게 용서를 구할 생각을 하고 왔는데 이렇게 유머 넘치는 매력적인 부인과 웃고 있다니! 이제 보니 아장은 놀라운 일들을 잔뜩 품은 고장이다... 나는 드레스를 입었고, 미미의 눈이 기뻐서 반짝이는 걸 보았다. 나를 보면서 미미는 40년 전 과거로 돌아가는 듯했다. 같은 열정으로 함께 일한 동료들, 그들과 함께 보낸 그 모든 시간을 떠올리는 듯했다. 미미 자체만으로도 이미 하나의 패션 박물관이었다!

"미미, 저는 받을 수가 없어요. 너무 값나가는 드레스인 데다 정서적인 값어치는 더 말할 것도 없고요."

"이건 내 것이니까 내가 하고 싶은 대로 할 거야."

미미는 숫제 화내다시피 말했다. 그리고 덧붙여 말했다.

"옷걸이에 걸려 있는 것보다 눈부신 소녀한테 입히는 게 훨씬 더 아름다워! 네 말이 맞아. 이 옷은 값을 매길 수가 없어. 바로 그래서 너한테 주는 거야. 내 나이에 돈은 필요 없어! 돈으로 뭘 하겠니? 대신 네가 이따금 나를 찾아와준다면 기쁠 거야. 네 엄마 말을 듣자 하니 네가 패션에 관심이 많다더구나! 나는 아직 눈도 좋고, 내 손가락도 관절염으로 완전히 망가지진 않았어!"

"우와, 미미, 그래도 된다면 너무 좋죠!"

나는 바비 인형을 선물로, 그것도 마차와 왕관과 말과 왕자까지 같이 받게 된 꼬마 여자아이처럼 기뻐서 펄쩍 뛰었다.

"좋아!"

미미가 웃으며 말했다.

나는 꿈꾸듯 오후 시간을 보냈다. 미미는 샤넬에서 견습 재봉사로 일하던 시절의 추억을 얘기해주었다. 부유한 손님들, 직물, 옷감, 똑같은 바늘땀으로 지칠 줄 모르고 잇고 또 잇던 작업 시간들, 그리고 패션을 향한 열정과 아름다운 작품. 그 말을 들으며 나는 내가 그 세계에 속한 느낌이 들었다! 미미에게 배우고 싶었다. 지금까지 나는 내 옷을 직접 만들 생각을 해보지 않았고, 다른 사람들이 만든 작품을 보고 감탄하는 데 그쳤다. 그런데 미미와 함께라면 뭐든지 할 수 있을 것 같았다!

미미와 함께 보낸 세 시간은 몇 분처럼 쏜살같이 흘러갔다. 나는 **내** 드레스를 들고 그 집을 나왔고, 토요일마다 들르기로 약속했다. 물론 엄마와 아빠가 허락한다는 조건으로. 이제는 두 분의 지지 없이는 아무것도 할 수 없는데, 당연한 일이었다.

미미 곁을 떠날 때는 내 방문이 '벌'처럼 생각되지 않았다. 그만큼 기분 좋은 오후를 보냈다. 내가 엄마 말을 좀 더 잘 들었더라면 미미를 조금 더 일찍 만났을 테고, 지금 내 삶은 어쩌면 훨씬 단순해졌을 지도 모른다는 생각이 들었다!

집으로 돌아오는 길에 몰리니에 부인이 한 마지막 말이 다시 떠올랐고, 어느 때보다 더 깊이 울렸다. "레아, 넌 진짜 열정을 가졌어. 그건 드문 일이야. 그 열정을 키워, 네 방식으로 말이야." 이것이 앞으로 내가 하려는 일이다. 미미라는 인물보다 더 나은 동맹을 꿈꿀 수 없다. 내가 이렇게 어느 날 80대 노부인과 '친구'가 될 줄이야... 정말이지 인생은 놀라운 일을 잔뜩 품고 있다!

32

"그래? 어떻게 됐어?"

아빠가 문을 열어주었다. 나는 자기 감방으로 돌아오는 죄수 같다는 느낌이 들었다. 앞으로 모든 이동이 기록되고, 모든 걸 허락받아야 한다. 게다가 보아하니 허락받은 외출을 하고 나서는 보고서도 써야 하는 모양이다.

"네, 네."

나는 집에 들어서면서 틀에 박힌 뻔한 말을 내뱉고 싶진 않았다. "내 평생 가장 멋진 날이에요!" 같은. 부모님은 내가 한 짓에 대한 대가를 '치르길' 바랐으니 최소한 그래야 두 분이 기뻐하실 것이다! 벌이 아니라 보상을 준다는 느낌이 들면 내가 더 이상 미미를 만나지 않길 바랄 것이다!

"너 드레스는 왜 도로 가져왔어? 거기 안 간 거야, 뭐야? 또 우리한테 거짓말한 거니? 이젠 너를 믿을 수 없는 거야?"

엄마가 걱정스레 물었다.

"아니에요, 진정하세요!"

나는 딜레마에 봉착했다. 미미가 내게 그걸 줬다고 말하면 보상처럼 들릴 테고, 그러면 두 분은 허락하지 않을 것이다. 그렇다고 거짓 이야기를 지어낸다면 다시 거짓말을 하는 것이다. 어떡하지?

"묻잖니, 레아!"

아빠가 재촉했다.

"갔어요! 둘이 함께 오후 시간을 보내기까지 했다고요! 그분이 드레스를 가지라고 말해서 저도 어쩔 수가 없었어요! 맹세컨대, 사실이에요. 전화 걸어보시면 되잖아요!"

"그분이 왜 너한테 샤넬 드레스를 준단 말이니? 값을 매길 수 없을 만큼 하나뿐인 작품인데?"

엄마가 어느 때보다 불신하는 어조로 물었다.

"그분한텐 아이가 없대요! 그걸 줄 사람이 아무도 없어서 이 드레스가 옷장 속에서 나프탈렌 냄새나 풍기는 걸 보느니 저한테 주는 편이 낫겠다고 했어요!"

부모님은 조심스레 나를 쳐다보았다.

"그분과 저는 친해졌어요. 됐어요? 게다가 매주 만나서 재봉 얘기를 하자고 제안하기까지 하셨어요! 혼자 외로우신가 봐요!"

엄마와 아빠는 곰곰이 생각하며 나를 바라보았다.

"언제, 무슨 요일, 몇 시에?"

엄마가 물었다.

"모르겠어요. 그 전에 두 분께 허락해달라고 말할 참이었어요. 그건 엄마 아빠가 정해주셔야죠, 안 그래요?"

나는 엄마를 살짝 놀렸는데, 내 전과를 생각하면 그 편이 나았다.

"네 학교 수업에 지장만 없다면 난 괜찮아."

아빠가 말했다.

"그분 곁에 있어드리는 거야 아주 좋은 일이지. 뒤발 부인은 상냥한 분이고 아마 네가 배울 게 많을 거야."

엄마도 누그러졌다. 그 생각이 엄마 마음에 쏙 들었나 보다!

"정말요? 동의하시는 거죠?"

"동의해! 그렇지만 토요일 오전에 몇 번은 아빠 가게에서 일해야 한다는 건 잊지 마라!"

"고마워요!"

나는 안심하고 엄마 아빠 품에 안겼다.

"그럼 나는?"

갑자기 리브가 물었다. 내가 뭔가를 허락받을 때마다 공평하지 않다고 외치는 아이였다.

"너는 날 좀 잊어줘!"

나는 드레스를 내 드레싱 룸에 넣으러 갔다. 아니, 내 옷장에!

그러나 쉽게 포기하지 않는 리브에게는 그 이상이 필요했다.

"난 언니가 벌 받는 건 줄 알았는데요?"

내 등 뒤에서 배신자처럼 리브가 힘주어 말했다.

"벌 받았잖니!"

아빠가 대답했다.

"그런데 왜 선물을 받아요? 드레스랑 재봉 허락까지 받고요? 언니가 재봉하는 동안 나는 뭘 해요?"

내 방에서 그 말을 듣고 있자니 화가 치밀었다. 못된 계집애! 내가 저 때문에 들켜서 외출과 전화기와 컴퓨터까지 금지당했는데, 내가 등을 돌리자마자 물귀신처럼 나를 끌고 들어가려 하다니! 저건 동생이 아니라 꼬마 사형집행인이야!

엄마가 문을 두드렸다. 리브가 의기양양하게 옆에 서 있었다.

"내가 뒤발 부인께 전화를 걸어서 리브도 같이 가도 될지 여쭤보도록 할게."

"**네?** 이런 악몽이 어디 있어요! 왜 쟤가 같이 가야 하는데요?"

내가 소리쳤다.

"레아, 진정해! 네 동생을 토요일이나 수요일 오후에 혼자 내버려둘 순 없잖니! 세탁소에 데리고 있을 수도 없고. 손님이 너무 많아서 심심해할 거야."

"그럼 자기 친구 집에 가면 되잖아요? 왜 항상 내가 쟤를 봐야 하죠?"

"좋아, 들어봐, 그럼 이렇게 할 거야, 알았지? 리브는 이따금 친구 집에 가겠지만 매주 가진 않을 거야! 그럴 때 네가 좀 데려갈 수도 있잖니! 엄마 아빠가 토요일에도 일하는 건 우리 잘못이 아니잖니. 일을 복잡하게 만들지 마라!"

엄마가 짜증을 냈다.

"물론이죠, 아마 제 잘못이겠죠! 난 쟤 엄마가 아니에요. 저 애를 기르는 게 제 일은 아니라고요!"

"레아, 그만해. 너 도를 넘었다!"

187

리브가 눈물을 머금은 채 나를 쳐다보았다. 그러나 나는 화가 가라앉지 않았다.

"언니는 나를 안 좋아해. 그럼 나도 언니를 안 좋아할 거야."

리브가 울먹이며 말하고는 엄마 품에 안겨 울었다.

"이제 기분 좋니?"

엄마가 내 방문을 쾅 닫으며 말했다.

나는 두 사람이 거실로 멀어지는 소리를 들었다.

"울지 마. 언니는 너를 좋아해. 그냥 화가 난 것뿐이야."

엄마가 리브를 달랬다.

나는 미웠다. 소리를 지르고 싶었다. 마음속에서 폭발할 것 같은 분노의 응어리가 느껴졌다. 미미 할머니 집에서는 너무도 행복했는데, 늘 그렇듯이 리브가 모든 걸 망쳐놓았다. 왜 그런지 모르겠지만 그 애는 나를 자꾸 짜증 나게 한다. 아무것도 아닌 일로 화나게 만드는 재주가 있다. 최근 며칠 동안만 예외였지, 내 삶을 썩게 만든다. 동생이 없었으면 좋겠다!

33

　오늘 아침, 집안 분위기는 어느 때보다 긴장감이 감돌았다. 어제 저녁의 갈등도 있고, 정학이 끝나 학교에 돌아가야 해서 나는 폭발 일보 직전이었다. 잠도 잘 못 잤고, 뱃속이 꽉 막힌 느낌이었지만 억지로 오렌지 주스 한 잔을 마셨다. 뱃속을 완전히 비워두진 않으려고. 그런데 마음은 내키지 않았다. 아침 식사 시간은 어느 때보다 조용했다. 리브는 나를 쳐다보지 않으려고 내 눈을 피해 뽀로통한 얼굴로 코코아 잔만 바라보았고, 나는 그 얼굴에서 동생이 어제저녁 일로 아직 나를 원망한다는 걸 알아차렸다. 차라리 잘됐다. 나도 아직 화가 나 있으니까. 쟤가 끼어들기 전까지는 모든 게 순조로웠다. 늘 그렇듯이 나는 말하고 싶었다! 아빠는 우리의 기분을 풀어주려고 애썼지만 나는 아빠가 상황을 제대로 모른다는 느낌이 들었다. 엄마는 욕실에서 시간을 보냈는데, 그건 좋지 않은 신호였다. 아직 '싸우는' 두 딸을 보고 싶지 않다는 뜻이었다.

"그럼 저 가요!"

"벌써? 가면서 빵 하나 안 먹을래? 아무것도 안 먹었잖니!"

아빠는 걱정했다. 내가 빈속으로 가는 걸 보려니 마음이 안 좋았던 것이다.

"배 안 고파요."

아빠가 나를 품에 안았다.

"자, 용기를 내! 다 잘될 거야! 바롱 선생님이 널 잡아먹진 않을 거야. 엄격하지만 바른 분이야."

그 선생님을 대면해야 할 사람이 아빠가 아니니까 그렇지. 나는 조용히 가서 책가방을 챙겼다. 나흘간의 정학과 주말을 보내고 이제 학교로 서둘러 가야 한다! 집을 나서면 기분이 좋아질 거다. 파리로 가는 탈주를 망친 그날 저녁에 마지막으로 소식을 주고받은 뒤 조와 루이종의 소식은 듣지 못했다. 전화기도 없으니 접촉할 수도 없었다. 걔들도 아마 감히 우리 집으로 전화를 걸지도 못했을 테고, 들르는 건 더더욱 엄두를 내지 못했을 거다. 그러나 오늘 아침에 내가 학교에 가는 건 알 거다. 걔들이 나처럼 일찍 오면 좋겠다. 아마 아장에서 벌어진 최고 드라마의 뒷이야기를 알고 싶어 할 것이다... 걔들에게 얘기할 게 얼마나 많은지! 우여곡절과 반전이 모험 영화를 찍어도 될 정도다. 난 그저 **해피엔드**로 끝나기만 바랄 뿐이다. 두 친구를 다시 만나게 되니 정말 기쁘다, 교실로 돌아가는 것이 두렵긴 하지만. 이 사건을 아는 아이들이 많을 것이다. 적어도 나의 정학에 대해서는 알 거다.

그런데 내가 만나려니 가장 겁나는 사람은 엘리오트다. 그가 어떻

190

게 나를 맞이할지 모르겠다. 신느가 존재한 적 없다는 걸 그가 알았을까? 그 뒤에 내가 숨어 있다는 걸? 편지 사건 이후로 그는 죽도록 나를 원망했을 것이다. 조와 루이종이 그에게 얘기했을까? 그런데 개들도 신느에 대해 알까?

나는 발길 닿는 대로 조금 걸었다. 누가 알고 누가 모르는지 모르겠다. 부모님한테는 모든 걸 털어놓았는데, 부모님은 바롱 쌤한테 정확히 어디까지 말했을까? 블로그에 대해 자세히 얘기했을까? 차마 물어볼 용기가 나지 않았다. 이미 충분히 충격을 받은 상태라. 게다가 나도 그렇고.

생각에 빠져 걷다 보니 어느새 학교 정문 앞이었다. 내가 바랐던 대로 조와 루이종은 내가 오기를 기다리고 있었다. 두 친구가 나를 향해 달려왔다.

"레아!"

둘이서 합창하듯 외쳤다.

우리 셋은 다시 만나게 된 게 기뻐서 서로 끌어안았다.

"괜찮아?"

조가 물었다.

"괜찮아."

나는 친구들을 안심시켰다. 드디어 모든 걸 얘기할 수 있게 되었는데, 어디서부터 시작해야 할까?

♥ 34

친구들의 긴장한 얼굴을 보고 나는 걔들이 최근에 나에 대해 얘기하며 많은 시간을 보냈다는 걸 느꼈다. 은근히 기분이 좋았다. 절친들 관심을 끌기 위한 거라면 뭔들 못 하리? 그러나 이건 못된 생각이다. 친구들 얼굴을 보니 진심으로 걱정하는 것 같았다.

"너희 집으로 전화를 걸 용기도 안 나더라. 네 전화기로 걸면 바로 메시지로 넘어가고."

루이종이 말했다.

"포기해. 새 명령이 내려올 때까진 이제 휴대폰도 없어!"

"오, 심하다!"

조가 동정했다.

"그래서? 얘기해봐!"

조가 시계를 보며 나를 재촉했다. 나머지 학생들이 무리 지어 도착했고, 곧 종이 울릴 것이다.

"리브 때문에 들켰어!"

"뭐?"

두 친구가 합창했다.

"그래, 걔 때문에 정말 짜증 나! 내가 수요일 아침에 출발했을 때 걔가 역까지 나를 따라와서 기차에 탄 거야. 기차표도 없이!"

나는 내 이야기가 낸 효과에 흐뭇했다. 뤼시, 마농, 미리암 등 다른 여자애들도 내 얘기를 들으려고 다가왔다. 내 평생 이렇게 많은 청중을 가져본 적이 없었다. 맹세코 이런 영광을 누린 적이 없었다!

"그래서?"

루이종이 귀를 쫑긋 세우고 물었다.

"그래서, 검표원이 리브를 붙잡았고, 걔가 내 전화번호를 줘서 검표원이 나한테 전화를 걸었지. 그 후에 검표원은 경찰서에 신고했고, 우리가 파리에 내렸더니 경찰관이 기다리더라고."

"헐! 너 경찰한테 잡혀갔어?"

미리암이 외쳤다. 나는 엘리오트가 그 순간 우리 쪽으로 고개를 돌리는 걸 보았다. 나는 미리암에게 목소리를 낮추라고 신호했다. 다른 아이들도 더 다가왔고, 이내 나는 빙 에워싸였다. 불안할 정도였다.

"경찰관들이 널 때렸어?"

험담하기 좋아하는 뤼시가 물었다.

"무슨 소리야! 내가 은행 강도냐? 그냥 기차를 탄 것뿐이라고!"

"맞아, 바로 드라마를 쓰는구나!"

조가 뤼시를 면박했다.

"얼른 얘기해. 종 울리겠어!"

루이종이 재촉했다.

"그래서 경찰관들이 우리를 경찰서로 데려갔어. 그때 내가 어떤 상태였는지는 말 안 할래. 완전 밑바닥이었지! 너무 겁이 나서 부모님이 나를 죽일 거라고 생각했어!"

"그런데 너 파리에는 뭐 하러 간 거야?"

뤼시가 의심에 찬 눈초리로 물었다.

"패션쇼에 가려고 했지."

내가 허세를 부리며 대답했다. 그 순간 내가 학교에서 스타 계급을 달게 되었다는 걸 깨달았다. 나는 놀라운 일을 한 것이다. 아이들 눈에 나는 특별한 존재가 되었다. 게다가 패션쇼는 나라는 인물에 매력과 신비를 듬뿍 더해주었다. 내 인생은 갑자기 흥미진진하게 돌변했다!

종이 울려 나의 영광스러운 15분이 끝났고, 모두 흩어졌다. 조와 루이종은 내 곁에 붙어 있었다. 교실까지 가는 동안 내가 이야기를 계속하도록.

"네 부모님은 뭐라고 하셨어?"

루이종이 걱정했다.

"엄청 화나셨지! 그렇지만 걱정 마. 너랑은 상관없는 일이라고 말했으니까!"

이 말에 루이종은 긴장을 풀었다.

"리브 때문에도 나를 엄청 원망하셨지! 걔가 기차까지 나를 따라온 걸 생각하면! 벌이 어마어마해. 새 명령을 내릴 때까지 컴퓨터도,

전화기도, 외출도 금지야! 내가 쓴 돈을 갚기 위해 토요일 아침에는 아빠를 도와야 하고, 심리 상담사까지 만났다니까!"

"헐!"

조가 외쳤다.

"그렇다니까! 그런데 다행히 엄청 쿨한 상담사여서 그리 나쁘진 않았어."

우리는 자리에 앉았다. 엘리오트가 내게 눈길을 던졌고, 나는 눈을 내리깔았다. 그에게는 허세를 부릴 수가 없었다!

"교과서 87페이지를 펴세요!"

수학 쌤이 말했다. 수학으로 하루를 시작하는 건 결코 내가 좋아하는 게 아닌데, 이날 아침의 인기에 들떠서 나도 모르게 미소가 피어올랐다.

35

수업이 끝나자 엘리오트가 나를 향해 돌아보았다. 그가 뭔가 얘기하고 싶어 한다는 게 느껴졌다. 하지만 '다행히도' 수학 쌤이 나더러 바롱 쌤에게 가보라고 말했다. 휴, 살았다! 근데 나를 호출할 거라는 건 예상했지만 이렇게 빨리 부를 줄이야! 벌써 바롱 쌤의 성난 얼굴이 떠올랐다... 바롱 쌤을 대면하는 것과 엘리오트를 대면하는 것 중 뭐가 더 두려운지 모르겠다. 엘리오트와 그가 던질 질문들은 우선 피했지만 얼마 동안이나 피할 수 있을까?

학생주임실 유리창 너머로 바롱 쌤의 엄격한 얼굴이 보였다. 나는 불안한 마음으로 문을 두드렸다.

"들어오세요! 앉으세요, 밀레르 양."

바롱 쌤에게는 보는 즉시 사람을 주눅 들게 하는 힘이 있다. 그녀 앞에서 잔머리를 굴리는 학생을 나는 한 명도 알지 못한다. 그녀의 작은 머리통은 털 빠진 새처럼 머리카락이 듬성듬성하고 짧았으며,

입은 엄격해 보였고, 작은 눈은 안경 너머로 사람을 꿰뚫어 보는 듯했다. 항상 치마 차림에 콤플렉스도 없는지 굵은 다리를 드러냈다. 굵은 다리는 작은 머리와 묘한 대조를 이루었다. 그러나 누구도 그녀의 튀는 외모를 감히 조롱한 적이 없다. 바롱 쌤은 우리 모두를 완전히 겁에 질리게 한다. 학교의 전설 같은 인물이다.

"왜 여기 왔는지 알지요?"

"네."

나는 감히 눈길을 마주치지 못하고, 쌤 의자 뒤쪽에 걸린 포스터만 응시했다. "자식을 사랑하는 이는 매로 다스린다." '매'라는 말에 소름이 쫙 돋았다.

"그래, 할 말을 해보세요. 들어봅시다!"

나는 너무 떨려서 차라리 웃고 싶을 지경이었다. 영원히 찍히고 싶지 않다면 절대 웃어서는 안 될 일인데. 그러나 나는 그렇게 생겨먹었다! 신경의 억압을 웃음으로 해소할 필요가 있다. 안타깝게도 그것이 내가 잘하는 특기 중 하나다.

"죄송합니다, 선생님. 제가 무슨 짓을 하는지 미처 깨닫지 못했습니다. 그리 심각하게 생각하지 못했어요."

나는 더없이 진지한 태도를 보이려고 애쓰며 말했다.

"학교를 빠지고 거짓 이유를 쓰고, 부모님께 거짓말을 하고, 가출을 하는 것이 학생에게는 심각하지 않았다고요?"

"물론 심각한 일입니다. 그런데 제가 그때는 제대로 깨닫지 못했어요. 저는 가출을 한 게 아니라 그저 파리로 가려고 했던 거예요."

"좋아요. 레아, 내가 지켜볼 겁니다. 다음에 또 이런 사고가 나면 그때는 완전히 퇴학당할 수 있어요! 내 말 알아들었어요?"

웃고 싶은 마음이 싹 가셨다. 이젠 떨리는 정도가 아니라 심장이 와르르 무너졌다. 학교에서 퇴학당하는 건 절대 안 될 일이다. 그런 재앙을 겪을 순 없다! 학년이 끝날 때까지 극도로 조심해야겠다.

"앞으로는 아무 일 없을 겁니다, 선생님. 약속해요!"

"레아, 널 믿어요. 똑똑한 학생인데 그런 어리석은 짓으로 모든 걸 망친다면 안타까운 일이지요."

"네, 선생님."

나는 눈을 내리깔며 말했다.

"가보세요! 다음 수업에 늦지 않도록!"

"네, 선생님."

나는 그렇게 간단히 끝난 게 너무 기뻐서 줄행랑치듯 그곳을 빠져 나왔다. 바롱 쌤은 나한테 겁을 주고 싶었던 것 같은데, 완벽하게 먹혔으니 안심하셔도 되겠다!

36

나는 세수라도 하려고 화장실로 달려갔다. 바롱 쌤과 마주하고 얘기하는 동안 뺨이 달아올랐고 심장이 두근거렸기 때문이다. 재앙을 가까스로 피한 느낌이 들었다! 쾅! 그때 남학생 화장실에서 누군가 나왔다. 엘리오트! 내가 돌아서려는 순간 그가 내 팔을 붙잡았다.

"잠깐 레아, 너랑 얘기 좀 해야겠어!"

"뭘?"

나는 아무 할 말이 없다. 아니, 무슨 말을 해야 할지 모르겠다. 그가 내게 뭘 원하는지조차 모르겠다!

"잠깐, 너 나한테 할 말 없어?"

그는 잔뜩 화가 난 눈길로 나를 응시했다. 나는 내 다리가 버티지 못할까 봐 겁이 났다.

"네가 날 갖고 논 것 같은 느낌이 드는데!"

"무슨 소린지 모르겠어!"

나는 목이 메어 왔다. 아무 말이라도 해야 한다 싶었지만 당장 무슨 대답을 할지 도무지 떠오르지 않았다. 불시에 닥친 일이라...

"놔줘. 수업 늦으면 안 된단 말야. 그럼 또 문제를 일으키게 돼!"

엘리오트는 설명을 듣고 말겠다는 단호한 태도로 나를 따라왔다.

"그래, 신느는 잘 지내?"

그가 빈정거리는 투로 물었다. 나는 울고 싶었으나 이빨을 악물었다.

"있잖아, 미안해, 됐어? 널 놀리고 싶은 마음은 없었어! 사람들한테서 무슨 말을 들었는지 모르겠지만 너한테는 거짓말한 적이 한 번도 없었어! 그 블로그는 나를 위해 만든 거야. 너를 위해서가 아니라! 네가 그 애한테 반할 줄은 꿈에도 생각 못 했어! 마치 내가 너한테 함정을 판 것처럼 생각하진 마."

"네가 무슨 얘길 하는지 하나도 못 알아듣겠어!"

이렇게 말하며 그는 나를 툭 치고 교실로 들어갔다.

나는 내 자리에 앉았다. 심장의 펄떡임이 진정되길 기다렸다. 그리고 영어 수업을 듣기로 단단히 마음먹고 수업 준비물을 꺼냈다. 바롱 쌤의 협박이 여전히 머릿속에서 울렸고, 내 생존 본능은 그 협박을 진지하게 받아들이라고 말했다. 아침에는 내가 학교 복귀를 너무 가볍게 생각했던 건지도 모르겠다. 영광스러웠던 순간은 신기루처럼 빨리도 사라졌다. 나는 다시 나 자신에, 내 인생에, 내 수업에 몰두해야 한다. 엘리오트에게는 해명을 해야 한다. 하지만 내가 그에게 함정을 판 게 아니잖나. 그가 스스로 늑대 아가리 속으로, 신느의 아름다운 눈 속으로 뛰어든 것이지.

37

이번만큼은 영어 수업에 집중했는데, 바로 앞에 앉은 뤼시가 내게 쪽지 하나를 건넸다. "네가 무슨 잔꾀를 부리는지 다 안다"는 듯 뾰로통한 표정을 지어 보이며. 나는 쪽지를 받으며 눈을 하늘로 치켜떴다. 험담이 먹음직하면 뤼시는 그것만 먹고살았다! 정말이지 험담에 걸신들린 애였다! 쪽지를 펴자 엘리오트의 글씨가 보였다.

내 편지 돌려줘.

내가 알아들었는지 확인하기 위해 그가 내게 눈길을 던지는 게 보였다. 그래, 잘 알아들었어. 아직은 읽을 줄 알거든! 이제야 나는 이해했다. 제대로 이해했다! 엘리오트는 신느에 대해 알지 못하는 것이다! 하긴 그가 어떻게 알겠나? 학교에서 아무도 아는 것 같지 않은데. 나는 부모님이 이렇게 세심히 마음 써준 것이 고마웠다. 그리고 리브를 떠올리니 다시 소름이 돋았다. 동생은 다른 애들과 달리 모든 걸 안다. 그리고 내가 본 바로, 개는 뭐든지, 특히 최악의 일까지 저지를 수 있다. 동생이 이 일로 나를 배신하면 나는 절대 개를 용서하지 않을 거다.

나는 무슨 대답을 해야 할지 몰라서 쪽지만 쳐다보았다. 편지는 갖고 있지만 내가 그걸 뜯어보았다는 걸 그가 알게 될 텐데! 열어 본 게 당연하잖나. 나한테 쓴 편지였으니까. 어떡하지? 그의 글씨가 쓰여 있으니 봉투를 바꿀 수도 없다. 나는 궁지에 몰렸다. 내가 신느를 만나지 못한 걸 그는 안다. 기차에서 내리면서 붙잡혔으니까. 그에게는 신느가 여전히 존재하는데, 나는 당연히 그의 편지를 전하지 못했다. 어떻게 해야 할까? 편지를 잃어버렸다고 말할까? 아니면 경찰관이 내 짐을 뒤지다가 가져갔다고 할까? 절망이 엄습해왔다. 나는 거짓말하는 데 지쳤다. 뼝을 찾고 또 찾느라 지쳤다. 거짓말을 할수록 나는 나 자신에게서 멀어진다. 이 역할 놀이가 이젠 즐겁지 않다. 이 편지 이야기와 신느 이야기를 완전히 해결해야 한다. 리브가 미숙해서, 혹은 나쁜 마음을 먹거나 사람들의 관심을 끌려고 언젠가 내 거짓말들을 폭로하게 될지 모른다는 두려움과 불안 속에서 살 수는 없다. 내 실수를 마주해야 한다. 책임져야 한다.

그 순간 나는 내 삶을 발칵 뒤집어놓을지 모를 파격적인 결심을 했다. 사자들이 득실거리는 구덩이 속으로 뛰어드는 느낌이었다. 사람들이 아주 사납게 굴지도 모르고, 괴물처럼 마구 덤벼들지도 모른다. 아무럼 어때. 그것이 내가 할 수 있는 최선의 일인걸. 사람들이 나를 비난해도 할 수 없다. 내 가면이 벗겨질까 두려워하며 계속 살 수는 없다. 어려운 처지에 처했을 때 진짜 친구를 알아본다고들 하잖나? 이번이 그럴 기회다.

나는 엘리오트에게 쪽지를 써 보냈다.

줄 수가 없어. 이따가 설명할게.

나는 그에게 이 쪽지를 전하기 위해 수업이 끝나기를 기다렸다. 10분 정도 남았는데, 뤼시에게 또다시 잔머리를 굴릴 기회를 주고 싶지 않았다. 걔가 너무 좋아할 게 뻔했다!

종이 울렸다. 나는 재빨리 일어나 쪽지를 엘리오트의 소지품 위에 놓고 달려 나왔다. 생각을 할 필요가 있어 나의 집무실을 향해, 즉 화장실을 향해 갔다.

38

생각해보니 내가 화장실에서 보내는 시간이 엄청나다! 거의 수업 시간과 맞먹는다! ㅋㅋ 학교에는 혼자 조용히 생각할 장소가 마땅히 없다. 운동장이나 복도에서는 모두가 서로를 살핀다. 특히 나를! 잠시 낮잠을 자고 싶지만 오늘은 눈에 띄는 일을 하지 않는 편이 좋겠다.

나는 공포에 사로잡혔으면서 한편으론 마음이 놓였다. 그동안 정체성을 사칭해온 걸 공개적으로 끝내는 건 내가 오래전부터 생각해온 최선의 방법이다. 우선 부모님을 설득해서 마지막으로 컴퓨터에 접속하게 해달라고 허락을 받아야 한다. 마음속 작은 목소리는 부모님이 반대할 거라고 말하지만 나는 엄마 아빠가 내가 하려는 일을 이해해줄 거라고 확신한다. 나는 이 일이 심리 상담사가 말한 '치유 과정'의 한 단계라고 말할 생각인데, 사실 거짓말이 아니다.

나는 내가 한 행동의 심각성을 정말 자각했다. 마침내 사건을, '내 사건'을 위에서 내려다보게 된 것 같다. 나는 '현실을 미화'하고, 거짓말만 한 게 아니라 사람들의 신뢰도 배반했다. 내가 속은 사람이라면 기분이 나쁠 테고, 해명을 요구할 것이다.

엘리오트의 눈길을 마주하는 게 가장 어려운 일이 될 것 같다. 그의 분노는 굴욕에 가까워서 무시무시할 것이다. 그래서 어떤 순간에도 내가 사람들을 갖고 논 게 아님을 이해시키는 게 중요하다. 어떤 면에서 나는 진지했다. 모든 걸 예견했지만 엘리오트가 신느를 사랑하게 되리라는 것만은 예상치 못했다. 그가 그녀에게, 그녀의 외모에 진지하게 반하게 될 줄은 미처 몰랐다!

나는 이런 생각을 하며 변기 물을 내렸고, 국어 수업을 향해 갔다. 하루가 길 테니 내 논거들을 갈고닦을 시간이 충분할 것이다.

39

"그래, 학교에 돌아가니 어땠어?"

엄마가 샐러드 볼을 내게 건네며 물었다.

"좋았어요. 바롱 선생님한테 불려가긴 했죠."

"그래, 그건 생각했어야지!"

아빠가 응수했다.

"제가 생각 못 했다고 하진 않았잖아요! 물어보셔서 말씀드린 것뿐이에요."

내가 접시를 응시하며 말했다.

우리의 턱뼈가 열심히 일하는 소리가 들렸다. 분위기는 여전히 유쾌하지 않았다. 리브는 입이 나와 있었고, 학교에서 돌아오는 내내 나는 리브에게 말을 건네지 않았다. 벌을 주려고 그런 게 아니라 내 생각에 빠져 있었기 때문이다. 나는 '내 전술'을, 부모님에게 사태를 설명할 최선의 방법을 고심했다. 하지만 리브와 그다지 말하고 싶지

206

않았던 것도 사실이다. 나는 여전히 동생을 원망한다. 따지고 보면 결과적으로 잘된 일이라는 사실을 받아들이길 거부하는 거다.

"좀 전에 우연히 옛날 사진들을 봤는데 말야. 너희들한테 사진 보여줄게. 시간이 어찌나 빨리 흐르는지! 너희들 정말 귀여웠는데..."

서툴게 작업을 벌이는 엄마! 나는 안 속는다는 걸 보여주려고, 엄마의 술책에 아무도 안 속는다고, 특히 나는 절대 안 속는다고 알려주려고 힘주어 웃어 보였다. 엄마도 두 딸을 화해시키기 위한 '술책'을 찾느라 하루를 보낸 모양이다. 우리의 닮음이 어느 때보다 도드라졌다! 미미가 제대로 보았다. 엄마와 나는 공통점이 많다!

엄마는 집안 분위기를 훈훈하게 바꾸려고 달려가서 앨범을 가져왔다. 아빠는 접시들을 치웠고, 리브는 내 무릎 위에 걸터앉았다. 그렇게 우리 네 식구는 과거에 감동했다.

"이때 제가 몇 살이에요?"

자기 사진 보는 걸 좋아하는 리브가 물었다.

"6개월. 너무 예뻤지!"

"무슨 소리예요! 뺨이 터져나갈 듯이 빵빵했는데."

내가 장난치며 말했다.

"아냐!"

리브가 즉각 받아쳤다.

"조금 그렇긴 해!"

아빠는 웃다가 상추가 목에 걸려 숨이 막힐 뻔했다.

"내가 깜빡하고 리브 젖병에 밀가루를 너무 많이 넣었나 봐."

엄마가 농담했다.

나는 내가 리브에게 젖병을 주는 모습을 상상하고는 미칠 듯이 웃었다.

"저도 만만치 않은데요! 앞니 두 개가 빠졌고 머리는 삐져나왔는데 카메라를 보며 좋다고 웃네요."

나는 과거 속으로 다시 빠져들면서 여동생이 생겨 행복했던 기억을 떠올렸다. 리브가 생기기 전 사진들을 보니 혼자여서 조금 슬퍼 보였다. 먼 기억을 떠올려보면, 나는 겨우 세 마디쯤 말을 할 수 있게 되자마자 부모님에게 남동생이나 여동생을 낳아달라고 끊임없이 졸랐다. 그런데 지금은 동생을 왜 이렇게 거슬려 할까?

나는 리브의 부드러운 머리카락 속에 코를 박았다. 눈이 따끔거렸다. 동생에게 그렇게 퉁명스럽게 군 게 후회스러웠다. 리브는 걸음을 떼자마자 내가 가는 곳마다 따라다녔고, 늘 감탄하는 눈길로 나를 바라보았다. 그러니 내가 학교에서 멀어지는 걸 보았을 때 자연스럽게 나를 따라왔던 것이다. 나를 향한 사랑 때문에 기차에 올라탄 것이다. 내가 어디 가는지 걱정했을 게 틀림없다... 나를 잃게 될까 봐 겁이 났던 게 아닐까? 지금까지 이런 각도로는 생각해보지 않았다.

나머지 저녁 시간은 앨범과 우리 어린 시절의 동영상을 보며 보냈다. 최근 며칠간 지속된 긴장이 우리 사랑의 열기에 마법처럼 녹아버렸다. 우리는 함께 웃었다. 리브의 포동포동한 엉덩이, 나의 괴상망측한 티셔츠, 아빠가 길러보려고 시도한 콧수염을 보며 웃었다. 행복했던 시절을 여행하고 나니 언니로서 자부심이 되살아났다. 그 시절에 나는 리브를 껌딱지로 여기지 않았다. 리브는 나의 보물이

었고, 경이로운 존재였으며, 사랑스러운 인형이었고, 사랑하고 아끼
는 여동생이었다. 리브에게 나는 언제나 사랑하는 언니였다. 그 애
를 향한 내 눈길이 언제 변했을까? 그 애의 매력이 언제 힘을 잃었
을까? 무엇 때문에?

사춘기가 나를 동생으로부터 멀어지게 한 걸까?

잠자리에 들 시간까지 나는 리브와 함께 남아 있었다. 엄마는 자
기 전술이 성공한 걸 보고 너무 기뻐서 아빠가 식탁을 치우는 동안
우리를 가만히 내버려 두었다.

나는 리브가 짝이 맞지 않는 잠옷을 입는 걸 도와주었다.

"리브, 내가 이 질문을 한 적이 없는데, 지난번엔 왜 나를 따라온
거야?"

리브는 자기 인형을 한참 주무르더니 대답했다.

"언니가 학교에 가지 않는 걸 보고 궁금해서 따라갔어. 언니가 어
디 가는지 궁금했던 건데, 기차에 탔을 때는 겁이 났어."

"겁? 뭐가 겁났어?"

"언니가 나를 버릴까 봐, 나를 놔두고 떠날까 봐, 나한테 인사도
안 하고."

리브가 중얼거렸다. 리브의 젖은 눈이 슬픔의 진정성을 증명해주
었다. 내가 생각한 게 맞았다. 갑자기 내가 바보 같고 이기적이라는
느낌이 들었다. 나는 한순간도 동생을 생각하지 않았다. 내 계획은
완벽했다. 모든 게 순조롭게 진행되었다면 동생이 걱정할 일도 없었
을 것이다. 그러나 인생은 결코 완벽하지 않다. 그리고 어쩌면 그런
편이 나을지도 모른다.

나는 이불 속에 들어가 동생 옆에 누웠다. 우리 발이 엮이면서 따뜻하고 말랑말랑한 물주머니처럼 변했다.

"미안해, 리브. 나는 너를 절대 버리지 않을 거야! 그저 파리에 가고 싶었던 거야! 너한테 말 안 한 건 네가 엄마 아빠한테 이를까 봐 너무 겁이 나서야."

"난 고자질쟁이가 아니야!"

나는 미소를 지으며 동생의 머리카락을 쓰다듬었다.

"알아. 하지만 아홉 살에는 그런 비밀을 지키기가 어려워. 게다가 네가 날 좀 감시한 건 맞잖아? 좀 아니라 많이!"

리브는 토라진 눈길로 나를 쩨려보았다. 하지만 나는 그걸 푸는 방법을 잘 안다. 나는 아, 소리조차 낼 틈을 주지 않고 동생의 겨드랑이로 손을 밀어 넣었다. 그러자 곧바로 동생은 요동을 치며 유쾌한 웃음을 터뜨렸다. 리브는 언제나 병적일 정도로 간지럼을 탔고, 나는 동생의 약점을 조금도 가책 없이 즐겨 이용했다.

"오줌 싸겠어. 나 오줌 싸!"

리브가 웃으며 외쳤다. 경계경보를 외치는 리브의 비명에 보복을 끝냈다. 그 밤에 시트를 갈고 싶진 않았으니까!

엄마는 우리를 혼내려는 듯이 들어왔지만 우리가 재밌게 노는 소리를 듣고 기쁨을 감추지 못했다. 사진을 이용한 엄마의 술책이 통한 것이 나도 기뻤다.

"자, 너무 늦었어. 리브, 코 자!"

"엄마 말 들었지? 코 자!"

내가 엄마 흉내를 내며 말했다.

"너는 안 자니?"

엄마가 물었다.

"조금 있다가요. 저는 아홉 살이 아니잖아요 그렇지만 자기 전에 엄마한테 뽀뽀하러 들르겠다고 약속할게요, 됐죠?"

리브가 이불 속에서 몸을 동그랗게 말며 동의했다. 겨우 머리만 내밀고.

"잘 자 언니!"

"잘 자, 귀여운 내 동생!"

나는 그 은총의 순간을 틈타 부모님에게 내 뜻을 얘기하러 갔다.

40

"리브는 누웠어요."

내가 부드럽게 이야기를 꺼내기 위해 말했다.

엄마가 나를 향해 미소 지었다. 엄마 입속에서 초콜릿 조각 하나가 녹고 있는 걸 내가 알아차리지 못할 거라고 생각했나 본데 나는 엄마의 식도락 습관을 잘 안다! 긴장을 푸는 데는 좋은 영화를 보며 달콤한 초콜릿을 먹는 것보다 더 좋은 방법이 없지. 세탁소에서 보내는 긴 하루를 생각하면 엄마가 초콜릿에 빠진 게 이해된다!

"저도 먹어도 돼요?"

장난삼아 내가 물었다. 엄마는 형식적으로 툴툴거릴 뿐 영화에서 눈을 떼지 않으면서 초콜릿 조각을 내게 건넸다. 아빠는 옆에서 신문을 읽었다.

"한 가지 부탁하려고요..."

"지금?"

엄마가 눈에 띄게 난처해하며 물었다.

"네, 지금요. 죄송하지만 정말 중요해서요. 잠깐 '일시정지'를 누르면 안 될까요?"

엄마는 '기술'에 관한 나의 지식에 늘 놀랐다. 리모컨으로 무엇까지 할 수 있는지 엄마는 아직 잘 알지 못했다. 나사(NASA) 직원이라도 보듯 엄마가 나를 쳐다보았다.

"또 무슨 일인데?"

아빠가 물었다. 나의 '가출' 이후로 아빠는 언제나 나쁜 일을 예상했다.

"아시다시피 제가 전화기와 컴퓨터를 못 쓰잖아요..."

"꿈도 꾸지 마라!"

엄마가 내 말을 잘랐다.

"기다려보세요! 제가 무슨 말을 할지 모르시잖아요."

"일단 들어보자고, 여보."

아빠가 말했다. 엄마가 특유의 눈길을 아빠에게 던졌다. '아이들 앞에서 날 면박 주지 말아요!'

"제가 벌 받고 있다는 거 알아요. 그래야 마땅하다고 이해했어요. 그러니 걱정 마세요! 두 분께 마지막으로 한 가지 부탁할 게 있어요! 정말 마지막이라는 걸 맹세해요!"

"뭔데 그래?"

아빠가 내 요구에 벌써 지친 얼굴로 물었다.

"심리 상담사와 얘기한 건데요. 그분은 이러는 게 저한테 좋을 거라고 생각하신대요."

나는 마법의 말을 내뱉었다. 이제 부모님의 관심이 집중되었다. 나는 할 말을 단숨에 쏟아내려고 심호흡을 했다. 말하다 도중에 잘리고 싶지 않았다.

"마지막으로 컴퓨터에 접속해서 제 블로그에 '커밍아웃'을 하려고요."

"뭘 한다고?"

엄마가 물었다. 마치 내가 중국어라도 한 것처럼.

"커밍아웃이요! 제 거짓말을 공개적으로 밝히려는 거예요. 잘 모르시겠지만, 제 블로그는 찾는 사람이 꽤 많았어요! 날마다 메시지와 댓글을 많이 받았어요. 일일이 답하자면 거의 온종일 일하는 거와 맞먹을 정도였죠! 사람들은 신느가 존재한다고 정말 믿어요. 그들한테 제가 누구인지 진실을 말해야 해요. 그들한테 정직해야 한다고요."

나의 선언에 긴 침묵이 이어졌다. 나는 엄마 아빠가 '찬성'과 '반대'를 재는 게 느껴졌다. 두 사람은 아무 말 없이 알겠다는 표정으로 서로를 바라보았다. 엄마는 초콜릿 한 조각을 다시 먹었다. 그것이 생각을 돕기라도 하는 듯이!

"어느 날 갑자기 사라질 수는 없어요. 블로그도 멋지게 죽게 해야죠! 안 그러면 제 블로그 이웃들에 대한 올바른 태도가 아니죠. 제가 한 짓을 말해야 해요. 그럴 필요가 있어요. 몰리니에 선생님도 그러는 게 저한테 좋다고 그러셨어요."

내가 살짝 양념을 치긴 했지만, 따지고 보면 사실이다.

"알았어. **몰리니에 선생님도 그러는 게 좋다고 그러셨으니.**"

아빠가 나를 흉내 내며 말했다.

"그러면 우리도 읽어볼 수 있어?"

엄마가 걱정스레 말했다.

"물론이죠. 감출 게 하나도 없어요. 진실만 말할 거예요. 맹세코!"

너무 과장하진 말자. 내 비밀 정원은 언제나 남겨둘 거잖아! 그렇지만 예전처럼 부모님에게 거짓말을 하고 싶지는 않다. 이건 사실이다. 나는 나의 진정성을 보여주기 위해 부모님의 눈을 똑바로 쳐다보았다.

"언제 하려고?"

엄마가 이미 '플레이' 버튼을 누르며 물었다.

"모르겠어요. 오늘 저녁이나 내일. 엄마 아빠가 허락하시면 언제라도…"

"좋아, 그럼 내일 얘기하자. 아빠랑 아직 좀 더 생각해봐야겠어."

"엄마가 최고예요!"

나는 엄마의 얼굴에 뽀뽀를 쏟아부으며 말했다. 이미 허락은 받은 거나 마찬가지였다.

"그럼 나는?"

아빠가 삐지는 척하며 말했다.

"아빠도 최고죠!"

"참, 내가 뒤발 부인과 전화 통화를 했어. 아빠와 내가 두 사람의 재봉 작업에 동의한다고 말했어. 네가 수요일마다 가는 걸로 정했어. 내일 오후부터 시작할 수 있어."

"대박!"

나는 당장 달려가고 싶었다! 오늘은 좋은 소식만 듣는 저녁이다!

"그리고 리브도 낄 거야! 내가 상황을 설명했더니 뒤발 부인이 아주 좋은 생각이라며 기뻐하시더구나. 리브가 방해하지는 않을 거야. 한쪽 구석에서 그림을 그리면 되니까."

이런 상황에 무슨 말을 하겠나? 특히나 이렇게 '과거 회상'을 하고 나서? 나도 노력해야 한다는 걸 잘 안다.

"알았어요."

"잘 자라, 내 딸!"

엄마가 짓궂은 얼굴로 말했다.

늘 하던 대로 나는 엄마와 아빠에게 뽀뽀를 하고 자러 갔다. 아니 생각하러 갔다. 나의 '**메아 쿨파**'* 고백을 대충 해치워서는 안 될 일이다. 진지하게 심사숙고해야 한다. 그리고 어떤 말을 할지, 특히 **어떻게 말할지** 신경 써야 한다. 엘리오트도 내 블로그 독자들 중 한 사람이다. 그의 마음을 다치게 하지 말아야 한다. 나는 그의 반응이 두렵다. 대폭로를 하기 전에 그에게 먼저 알려야 하지 않을까?

---

*라틴어로 '나의 죄', 즉 '내 탓이로소이다'라는 뜻이다.

41

밤새도록 고민하고 나서(사실은 금세 잠들었지만, 자면서도 사색은 계속되었으니까) 나는 엘리오트에게 직접 알리기로 마음먹었다. 그의 자존심을 배려해야 한다. 게다가 그는 다른 독자들과 다르다. 나와 직접 아는 사이인 데다 날마다 교실에서 마주칠 수밖에 없다! 편지를 써서 알리면 좋겠지만 이미 나를 거짓말쟁이로 생각할 텐데 비겁한 사람까지 되고 싶지는 않다. 나는 겁도 나고 부끄럽기도 하고 그의 반응이 두렵다. 하지만 그를 마주 대하고 진실을 말하면 나아질 거라고 믿는다. 그래야 옳다.

학교에 도착하자 나는 이 '고역'을 어서 빨리 해치우고 싶었다. 두 손 불끈 쥐고 용기 내어 그를 만나러 갔다. 하필이면 도움 안 되게 그는 내가 너무도 좋아하는 하늘색 티셔츠를 입었다. 그 티셔츠 때문에 그의 눈 색깔이 더 도드라져 보였다. "엘리오트는 귀엽지 않다. 엘리오트는 귀엽지 않다." 나는 에밀 쿠에 식의 자기암시가 통하기를 바라며 이 주문을 읊조렸다.

"안녕, 잠깐 얘기할 수 있어?"

내가 불쑥 다가가자 그가 놀란 눈으로 쳐다보았다. 그는 이내 무심한 얼굴로 나를 따라왔다. 나는 몇 미터 정도 걸어갔다. 그의 친구들이 호기심 어린 눈으로 우리를 바라보았다. 조와 루이종도 주의 깊게 나를 응시했다. 우리는 사람들에 에워싸였다! 나는 그들에게 등을 돌렸다. 그들이 내 입술을 읽지 못하도록. 어쨌든 나 같아도 무슨 말을 하는지 궁금해했을 테니까!

"무슨 일이야?"

그가 거북해하며 물었다. 나는 아무 말 없이 뜯어진 그의 편지를 내밀었다. 그는 나를 쳐다보며 그걸 받았다. 나는 그 몇 초 동안 그의 반응이 무서웠다.

"너 읽었어?"

그가 당황해서 웅얼거렸다.

"응. 그렇지만 그 편지가 나한테 온 거라서 읽은 거야. 신느는 바로 나야."

내가 눈을 내리깔며 대답했다.

"뭐라고?"

"신느는 존재하지 않아."

나는 눈을 들었다. 내가 속이는 게 아니라는 걸 분명히 보여주려고. 그가 어리벙벙한 얼굴로 나를 쳐다보았다.

"뭐라고?"

"내가 지어낸 인물이야."

"뭐?"

나는 발작적인 웃음이 터질 지경이었다. 그러나 다시 한번 억지로 참았다.

"내 아바타야. 체코인인지 러시아인인지 어느 블로거의 사진을 슬쩍했어. 처음부터 그 모든 **글을 쓴** 게 나야. 이제 전부 그만둘 거야. 미안해. 네가 그 여자한테 반할 줄은 정말이지 몰랐어."

어이쿠. 이 말은 너무 나갔네. 폐부를 찔린 그는 아무 말 없이 돌아섰다. 뒤에서 보니 그가 자기 편지를 구겨서 멀리 있는 쓰레기통에 골인을 시키듯이 던져 넣는 게 보였다. 그러고 나서 그는 쿨한 얼굴로 미소 짓고 친구들 쪽으로 갔다. 그러나 나는 속지 않는다. 내가 그에게 상처를 입혔다는 걸 안다. 그 때문에 나도 기분이 좋지 않았다. 불행히도 그저 발을 내려다보거나 신경질적으로 웃는 것 말고는 나도 속마음을 감추기 위해 달리 '쿨하게' 할 게 없었다. 아니면 이 때문에 내가 스케이트보드라도 시작해야 하나?

그가 멀어지자마자 조와 루이종이 다가왔다.

"너 쟤한테 뭘 얘기한 거야?"

조가 다짜고짜 물었다.

"아무것도 아냐. 쟤가 신느에 관해 알고 싶어 한 게 있거든."

"또 걔야?"

루이종이 기계적으로 티셔츠를 잡아당겨 내리며 짜증을 냈다.

"그래 또 걔다! 그렇지만 이젠 끝났어. 걔가 블로그를 닫고 생활을 바꾸기로 결심했어."

"뭐?"

루이종이 놀랐다. 정말이지 오늘은 '뭐'만 계속 듣는 날이군!

"그래, 그 여자가 모든 걸 버리고 아슈람에 가서 살며 하루 종일 요가만 하겠대."

"쿨하네!"

조가 말했다.

"응, 네 말처럼 **쿨해**."

나는 바보처럼 말을 따라 했다.

"그러고 보면 그 여자도 그렇게 바보는 아니네!"

조가 말했다. 나는 응수하지 않았다. 엘리오트와 내 비밀은 잘 지켰다. 곧 나는 블로그에서 공개적인 수모를 겪을 것이다. 조와 루이종에게 모든 걸 폭로할 필요는 없다. 그랬다간 학교 전체와 아장 전체에 알려질 테니까! 그리고 나는 '미스 모험'이라는 타이틀을 그렇게 빨리 잃고 싶지는 않다. 더 이상 자세한 얘기까지 할 필요는 없다. 두 친구는 늘 신느를 멸시해왔으니 더 얘기하면 내게 우호적일 리 없다. 중요한 건 이 일과 관계된 사람들에게 정직하게 말하는 것이다.

나는 마음이 편해졌다. 엘리오트에게 진실을 털어놓았다. 그러고 나니 쓴 약을 먹고 난 뒤처럼 씁쓸한 뒷맛이 남지만 그래도 이게 나를 위한 길이다. 게다가 미래도 생각해야 한다. 오늘 오후엔 미미와 첫 재봉 수업이 있다! 기쁘다!

42

"미리 경고하는데 너 얌전히 있어. 우리 집이 아닌 데다 미미는 젊은 사람이 아니야! 게다가 얼마 전에 병원에서 퇴원했단 말이야!"

"알았다니까. 벌써 열 번이나 말했어!"

리브가 미미의 층계참에서 초조하게 발을 구르며 짜증을 냈다.

미미가 문을 열어주었다. 미미의 눈부신 미소는 내가 동생에게 일러준 온갖 주의 사항과 어울리지 않았다. 미미는 멋이 좔좔 흘렀다. 얼마 전에 수술을 받은 사람이라고는 도저히 믿기 어려웠다!

"어린 밀레르들, 너희들을 보니 정말 기쁘구나!"

"안녕하세요, 미미. 제 동생 리브예요."

"어머나 귀여워라! 언니만큼 이쁘구나!"

"안녕하세요, 미미."

밝은 얼굴로 이미 집주인의 마음을 사로잡은 리브가 외쳤다.

"아니, 너는 아빠 붕어빵이구나!"

미미가 유쾌하게 외쳤다. 그러자 그 말을 좋아하는 리브가 분명하게 대답했다.

"네!"

"자, 들어가자. 내가 차와 케이크를 준비해뒀어!"

미미는 수가 놓인 순백색의 아주 예쁜 식탁보가 덮인 티 테이블을 차려두었다. 푸른 밤 모티프가 그려진 고급 도자기 재질의 다기는 영국 여왕의 다기를 닮았다.(적어도 내가 상상하는 바로는.) 꼭 세귀르 백작 부인의 책 속에 들어선 느낌이었다! 리브는 홀린 얼굴로 초콜릿 케이크를 먹으며 '소꿉장난'을 하는 것 같았다. 나는 이 시간 여행을 행복하게 음미했다. **정말 시크했다!**

"그럼 오늘은 뭘 할 거예요, 미미?"

리브가 케이크를 입안 가득 문 채 물었다.

가만히 좀 있지. 나는 리브가 엑스트라 역할에 머물 의도가 전혀 없다는 걸 바로 알아차렸다!

"글쎄, 얘들아, 너희가 말해보렴! 재봉의 기초 개념부터 시작해볼까?"

"저는 어렸을 때 바탕천을 만든 적 있어요."

리브가 케이크 한 쪽을 접시에 더 담으며 자랑스레 말했다.

"잘했구나. 훌륭한 시작이야!"

미미가 손뼉을 쳤다.

"제가 크로키를 몇 장 그렸는데 보여드릴까요?"

"좋지!"

내가 그 견본들을 오늘 아침 역사지리 시간에 그렸다는 걸 굳이 미미에게 말할 필요는 없었다. 그건 그냥 스케치이고, 선과 재단선일 뿐이다. 하지만 그걸 옷으로 바꿀 수만 있다면 대박 멋질 거다!

"그런데 애들아, 내가 너희들한테 뭐 부탁할 게 있어. 너희 부모님이 너희를 아주 훌륭하게 기른 걸 알겠구나. 그분들께 축하한다고 말해드리고 싶어. 그런데 나한테 극존칭 좀 그만했으면 좋겠구나! 늙은 기분이 들어!"

미미가 사랑스럽게 웃으며 말했다.

리브도 나만큼이나 미미에게 매료되었다. 미미에게 아이들이 없는 게 얼마나 안타까운 일인지. 이렇게 최고의 할머니 역할을 하는 걸 보니 최고의 엄마가 되었을 게 분명한데. 눈에 보듯 뻔하다!

리브와 나는 말을 편하게 하라는 미미의 초대를 기꺼이 받아들였다. 미미가 재봉에 필요한 물건들을 꺼내자 분위기는 완전히 풀렸다. 그녀가 입은 예쁜 진줏빛(그녀의 흰 머리카락과 푸른 눈을 정말 돋보이게 하는) 원피스도 미미가 만든 작품이라는 걸 알고 우리는 그 자리에서 굳었다. 안감까지도! 미미는 진짜 마법사다. 기계도 없이 피로한 줄 모르고 몇 시간 동안 재봉 작업을 할 수 있단다. 심지어 손으로 해야 더 빨리한다니! 리브는 미미의 재능에 너무 감탄해서 들떴다.

"한 가지 좋은 생각이 있어요!"

리브가 개구쟁이 같은 표정으로 외쳤다.

"뭔데 리브?"

리브의 온갖 고안에, 제아무리 엉뚱한 생각에도, 대답하길 좋아하는 미미가 물었다.

"튜토를 하면 어떨까요?"

"그게 뭔데?"

리브가 뭘 얘기하는지 전혀 알지 못하는 미미가 물었다.

"튜토리얼 말이에요, 미미!"

내가 대답했다. 그리고 곧장 리브에게 말했다.

"그거 괜찮겠다! 그런데 내가 인터넷과 전화기를 못 쓴다는 걸 너도 잘 알잖니! 아빠나 엄마가 내가 브이로그를 한다는 걸 알면 난 끝장이야!"

"브이로그? 튜토? 대체 그게 다 어느 나라 말이냐?"

리브가 무슨 말을 하는지 여전히 이해하지 못한 미미가 물었다.

"그렇지만 미미의 브이로그가 될 거니까 괜찮아!"

리브가 의기양양하게 대답했다. 나는 미미를 바라보았다. 그녀는 우리가 흔히 볼 수 있는 다른 노인들과 비교하면 완전히 튄다! 진줏빛 예쁜 원피스 차림에 머리 모양도 완벽하고 화장도 완벽한 그녀는 정말 멋지고, 카리스마도 있었다. 게다가 그녀의 매력은 전염성이 강했다... 리브가 천재적인 생각을 해낸 거다!

"맞아요, 미미, 정말 기막힐 거예요! 우리 모두가 미미한테 배울 게 있을 거예요. 웹에서 대박이 날 거라고요. 확신해요!"

미미는 잠시 이게 장난이 아닌지 생각하며 우리를 번갈아 쳐다보았다. 그러더니 우리의 열의에 찬 얼굴을 보고 웃음을 터뜨렸다. 배꼽을 잡을 정도로 웃긴 농담을 듣기라도 한 것처럼.

"너희들이 하는 말을 한 마디도 못 알아듣겠어!"

미미가 재밌어하며 말했다.

"미미의 튜토!"

리브는 세기의 아이디어를 찾아냈다고 확신한 듯 외쳤다.

"미미, '브이로그'는 블로그 같은 건데, 동영상으로 하는 거예요. '튜토'는 통신수업 같은 건데 동영상 형태로 하는 거고요. 웹에는 요리, 화장, 공예 등등 아주 다양한 주제의 튜토나 브이로그가 많아요. 그러니까 리브가 말하려는 건 우리한테 재봉을 가르치는 미미를 우리가 동영상으로 촬영하면 멋진 브이로그가 될 거라는 거죠! 한 가지 문제는 저한테 전화기가 없어서 우리를 촬영할 수 없다는 거죠!"

"그리고 저는 너무 어려서 전화기를 가질 수 없고요!"

리브가 한탄했다.

"아, 이해했어! 그거 재미있겠다! 나한테 휴대폰이 하나 있어. 그런데 동영상 촬영이 가능한지 모르겠구나. 그거 말고 그 모든 걸 할 수 있는 태블릿이 하나 있어!"

"네?"

리브는 마치 질투하는 것처럼 놀랐다.

"맞아, 태블릿이 있어! 스도쿠나 게임이나 인터넷 기사를 읽을 때 쓰는 거야."

우리는 완전히 넋 나간 표정으로 미미를 쳐다보았다. 미미가 그 정도로 '신세대' 사람이라고는 꿈에도 생각하지 못했다. 한술 더 떠서 그녀는 우리에게 자기 페이스북 페이지에 대해 말했다! 정말 놀라운 여자다! 미미는 최신 아이패드를 자랑스레 꺼내 보였다!

"**내**가 촬영할게. **내** 아이디어니까 **내**가 촬영할 거야!"

그토록 갖고 싶어 하던 물건을 보자 리브가 고삐 풀린 듯 외쳤다.

"알았어! 미미, 저는 질문을 하고요, 미미는 바느질하면서 대답하세요. 그런데 카메라는 신경 쓰지 마세요. 리브, 너는 그림을 잘 생각하고 찍어!"

"잠깐 기다려봐. 머리 한 번만 빗고. 내가 영상으로 찍히면 좋은 인상을 줘야지! 여든 살에 웹스타가 될 줄이야!"

미미가 재밌어하며 말했다.

우리는 잔뜩 들떠서 즐겁게 폭소를 터뜨렸다. 우리의 수요일은 무지 즐거운 시간이 될 것이다! 엄마에게 허락을 받을 필요조차 없다. 왜냐하면 이건 미미의 브이로그가 될 테니까. 나는 이미 대박을 상상한다! 리브는 천재적인 생각을 해냈다. 우리 셋이서 정말 즐길 수 있을 것 같다!

43

"정말 재밌었어!"

문턱을 넘어서자마자 리브가 말했다.

"그렇게나?"

아빠가 장난하듯 말했다. 우리가 부모님에게 이보다 더 좋은 선물을 드릴 거라고 상상할 수는 없을 것 같았다. 뭔가 공모하는 듯한 우리의 미소가 모든 걸 말해주었다.

"제가 만든 것 좀 보세요!"

리브가 우리의 첫 번째 튜토 시간이었던 이날 오후에 분홍색과 빨간색 천으로 만든 작은 손가방을 자랑스레 내밀었다.

"잠깐만, 이걸 네가 만들었다고? 이건 전문 재단사의 작품인데!"

아빠는 정말 놀라며 물었다. 리브는 거실에서 손가방을 가로질러 매고 닭장 속 수탉처럼 으스대며 걸었다.

"너는 뭘 만들었어?"

아빠가 호기심을 품고 내게 물었다. 아빠가 재봉에 관심을 보일 줄이야 누가 알았겠나... ㅋㅋ!

"저는 아직 안 끝났어요. 상의를 만드는 걸 시작했는데 다음 주에 끝낼 것 같아요."

"그런데 그런 천이 다 있었어?"

리브의 손가방 재질에 깜짝 놀란 엄마가 물었다.

"미미의 장롱에는 면, 테르갈, 실크, 양모, 펠트 모직 같은 천이 넘쳐나고요. 리본, 레이스, 망사도 몇 톤이나 있어요. 진짜 알리바바의 동굴 같아요!"

리브가 경탄했다.

"놀랍구나!"

딸들이 이렇게 재능 있으리라고 생각지 못한 아빠가 말했다.

"네, 정말 멋져요. 너무 재밌기도 하고 미미도 너무 좋아하세요!"

우리의 들뜬 마음이 이미 훤히 보였지만 나는 덧붙였다.

"그리고 미미는 아이패드도 있어요!"

리브가 외쳤다. 부모님은 즉각 의심스러운 얼굴로 서로를 쳐다보았다. "사실이라기엔 너무 멋진데. 뭔가 수상해." 그렇게 말하는 듯했다.

"네, 그렇지만 그건 미미가 개인적으로 사용하는 거예요!"

나는 리브에게 경고를 날리며 서둘러 명확히 밝혔다.

"아, 그럼요!"

리브가 잘못 말한 걸 의식하고 킥킥댔다.

"식탁 좀 차리겠니? 저녁 먹으면서 얘기하자!"

엄마가 무대 뒤에서 외쳤다.

"뭐 먹어요? 이번에도 생선은 아니겠죠?"

리브가 물었다. 아빠는 그 말을 못 들은 척했다.

"파스타! 다른 걸 준비할 시간이 없었어."

엄마가 조금 미안해하며 말했다.

"좋아요!"

오늘은 꽉 찬 배터리 같은 리브가 외쳤다.

식탁에서 우리는 오후의 재봉 수업에 대해 자세히 얘기했다. 리브는 '기계 없이'라는 말을 거듭 붙였다. 미미의 인내심, 솜씨, 자기 그림자보다 빠르고 경이로운 바느질 솜씨에 대해. 그리고 그녀가 열 손가락으로 어떻게 모든 걸 만들 수 있는지도.

"미미는 바느질할 땐 아무 데도 안 아프대요!"

미미에 대해 할 말이 끊이지 않는 리브가 말했다.

"내가 맞춰볼까? 너 재단사나 스타일리스트가 되고 싶지?"

아빠가 장난쳤다.

"아뇨, 저는 카메라맨이 되고 싶어요!"

리브가 묘한 표정을 지으며 대답했다.

"그래? 난 그 반대로 말할 줄 알았는데!"

엄마가 놀랐다.

"엄마는요? 어렸을 때 엄마는 세탁소를 하고 싶었어요?"

나는 엄마에게 조심스레 물었다. 이번만큼은 분명히 알고 싶었다.

엄마는 이 주제에 대해 말할 수 있게 된 걸 기뻐하며 대답했다.

"네가 믿기 힘들 거라는 걸 알지만 나는 내 직업을 아주 좋아해.

저녁에 집에 돌아올 때 때때로 내가 투덜거리긴 해도 발이 아파서 툴툴댄 거지. 작업대 뒤에 온종일 서서 일하니까. 하루가 길어서 피곤한 거야. 그렇다고 하루가 나빴다는 뜻은 아니야! 나는 사람들과 만나는 걸 좋아해. 사람들은 나한테 옷만 맡기는 게 아냐. 자기들 인생도 조금 맡기지. 모든 옷은 이야기를 들려줘. 네가 믿건 말건 나는 옷에서 많은 이야기를 들어. 그걸 좋아하고. 아침마다 내가 그리 신선해 보이지는 않겠지만 말이다. 난 일하러 가는 게 행복해!"

나는 엄마의 말을 들으며 놀랐다. 엄마의 직업이 재미없고 반복적인 일이라고만 생각했는데 훨씬 유쾌하고 밝은 관점을 새롭게 발견했다. 이 얘기를 들으니 한편으론 마음도 놓이고 엄마를 생각해서 기뻤다!

"그럼 아빠는요? 생선 가게가 어린 시절 꿈이었어요?"

리브가 아빠에게 마이크를 내미는 시늉을 하며 물었다. 아빠가 말을 시작했다.

"너희 질문 속에 약간 빈정거림이 섞인 것 같은데, 마드무아젤! 솔직히 말해 그건 아냐. 네 나이 때 나는 우주 비행사나 소방관, 혹은 에프원 조종사가 되길 꿈꿨지. 사실 자연에 대한 사랑이 나를 생선 가게로 이끈 거야."

"아 그래요? 무슨 관계가 있는지 잘 모르겠는데요."

나는 놀라서 물었다.

"한 가지 있지! 오래전부터 나는 바다를 정말 좋아했어. 바다 근처에서 자라지 않았는데도 말이다. 바다는 언제나 나를 홀렸어. 그러다 차츰 바닷속 생물들에도 관심이 생겼지. 나중엔 모든 물고기를 알게 되었고."

"그러면 좋아하는 물고기를 왜 팔아요?"

리브가 가만히 있지 못하고 아빠의 말을 잘랐다. 아빠가 리브의 코를 쥐며 대답했다.

"우선은 내가 가정을 원했기 때문이지! 가정생활은 원양 선원의 삶과 함께 갈 수 없잖니. 적어도 내가 아는 바로는 그래. 그리고 겉보기엔 안 그래 보일지 몰라도 나는 나름대로 물고기를 보호해. 예를 들면 물고기를 선별하면서 말이다. 나는 할당량을 지키고 너무 어린 새끼들은 놓아주며 '책임지는' 어업을 하는 어부들한테서만 생선을 산단다. 내가 물고기를 좋아하는 건 사실이지만 생선 살도 좋아하지! 나는 채식주의자가 아니니까! 그리고 이 모든 게 도살장보다는 덜 잔인하고. 게다가 먹어야 살지 않니! 물론 너희가 내 작업복을 좋아하지 않는다는 거 잘 알아. 그러나 나도 너희 엄마처럼, 너희한테 그다지 매력적으로 보이진 않을지라도, 내 직업을 좋아해! 나도 아침에 일하러 가는 게 정말 즐거워!"

"나는 이불 속에 남아 있는 게 더 좋은데요."

리브가 반박했다. 그 말에 모두가 웃음을 터뜨렸다. 리브는 집안의 어릿광대로서 재능을 한껏 발휘했다. 꼭 어울리는 역할이었다!

식탁을 치운 뒤 남는 시간은 조용히 각자 자기 할 일을 했다. 인터넷도 전화기도 박탈당한 나는 책 읽기와 글쓰기의 기쁨을 재발견했다. 나는 일기를 쓰기로 마음먹었다. 이건 비밀로 남겨둘 거다! 글을 쓰는 건 생각을 하고, 자기 삶을 통찰해보는 좋은 방법이다. 자기 자신에 대해서는 한 걸음 물러나 거리를 두는 게 늘 쉽지 않기 때문이다. 내가 겪은 최근의 일들이 그 증거다!

　오늘 저녁 대화를 나누고 나니 블로그에 마지막 글을 올릴 준비가 되었다는 느낌이 들었다. 난생처음 내 블로그의 글을 부모님과 공유하고 싶었다. 내 미래가 어떤 모습일지, 리브의 미래가 어떤 모습일지 알지 못하지만 내 미래에서 가족이 중요한 자리를 차지하리라는 건, 내가 사랑하는 사람들과 언제나 솔직하게 행동하리라는 건 이미 안다. 그들도 존중하고, 나도 존중하는 마음에서. 나는 이것이 행복의 열쇠 중 하나라고 생각한다. 그리고 그 열쇠를 전부 모을 생각이다!

44

친애하는 친구들,

이 글이 제 평생 가장 힘든 글이 될 것 같아요. 게다가 긴 시리즈의 마지막이 될 겁니다. 제가 여러분을 사랑하고 존중하기에 저는 여러분에게 진실을 밝히려 해요. 있는 그대로의 진실을. 기분 좋은 진실도 아니고, 보기에 그리 아름답지 않은 진실일지라도 말이에요.

그 진실은 이것입니다. 제가 처음부터 여러분에게 말한 것과 달리 제 이름은 신느가 아니고 스물두 살도 아닙니다. 그러니 당연히 신느는 존재하지 않아요! 제가 만들어낸 인물이죠.

처음에는 별것 아닌 작은 거짓말이었어요. 적어도 저는 그렇게 믿었죠. 그저 조금 재미 삼아 '내 인생을 꿈꾸고' 싶었고, 여러분의 사랑을 받고 싶었던 거예요. 여러분에게 '진짜 삶'을 얘기하면 들려줄 게 별로 없을까 봐 겁이 났던 거죠. 벌써 비웃거나 소리를 지르는 분들이 눈에 보이는 것 같군요! 그분들이 옳아요. 제가 한 건 나쁜 행동입니다. 저는 여러분에게 거짓말을 했고, 여러분을 속였어요. 그 점에 대해선 정말이지 떳떳하지 못해요.

저는 여행한 적도 거의 없고(우리나라는 물론 외국은 더더욱 못 나가봤어요), 파리도 잘 알지 못해요...(열두 살 때 딱 한 번 가봤으니까요.) 저는 고등학교 2학년이고, 지방에서 고등학생으로 평범한 삶을 살고 있어요.

제 삶은 그저 꿈만 꾸는 삶이에요. 그렇지만 이거 알아요? 이런 삶이 나쁘지 않다는 거요. 이게 제 삶이니까요, 여러분의 것이 아니라. 그 래서 저는 제 삶을 책임지기로 결심했어요!

우리 엄마는 스타일리스트도 패션 잡지 기자도 아니고 세탁소를 운영해요. 아빠는 갤러리가 아니라 생선 가게를 하고요. 듣기만 해도 별로죠? ㅋㅋ! 그래요. 그러나 저는 부모님이 자랑스러워요. 그 이유를 얘기해드릴게요.

아빠와 긴 대화를 나누었는데, 아주 좋았어요.(말 나온 김에 인사 좀 하고 넘어갈게요, 아빠, 사랑해요!) 어른 대 어른으로 얘기한 건 아니지만 거의 그런 셈이죠. 아빠를 완전히 새로 발견한 느낌이 드니까요. 아빠는 생선 가게 주인이라는 직업에 대해 진지하게 말했는데, 솔직히 저는 아빠가 그 직업에 그렇게 애착이 있다고 생각하지 못했지요. 사람들은 비린내와 냄새나는 작업복을 가지고 농담을 하죠. 그 작업복만으로도 의기소침해질 이유가 되니까요. 그러나 그걸 뛰어넘고 저는 많은 걸 깨달았어요. 제가 생각했던 것보다 아빠와 저는 공통점이 훨씬 많다는 걸 깨달았죠. 아빠도 나처럼 마음 깊이 환경론자였어요.(저의 생태학적 신념은 진지해요.) 그것이 저는 정말 기뻐요! 아빠는 말만 하는 게 아니라 행동으로 실천해요. 일상에서 사랑으로 생선을 고르고 바다의 균형을 고려해요.(네, 제가 '사랑'과 '생선'이라는 단어를 한 문장에 썼다는 거 알아요! ㅋㅋ)

적어도 생선의 경우엔 끔찍한 조건으로 동물을 죽이는 잔인한 도살장과 공장식 사육은 없죠. 물고기를 기르는 양식장도 존재하지만, 좁은 공간에 갇혀 햇빛도 못 보고 풀 색깔도 못 본 채 스트레스를 받으며 몸집만 커지는 가련한 소나 돼지보다는 덜 야만적이죠.

우리 아빠는 윤리를 지키고, 바다와 손님들을 존중하는 '책임감 있는' 생선 장수입니다. 무엇보다 그 직업을 사랑하며 살아가시죠. 아빠는 당신의 영웅인 폴 왓슨 선장과 그 팀원들에 대한 얘기도 하셨어요. 고래와 돌고래들을 구하기 위해 악천후에도 목숨을 잃을 위험까지 무릅쓰며 바다를 누비고 다니는 열정적인 사람들이지요.

이런 얘기를 들으며 저는 아빠가 자랑스러웠어요.

우리 엄마는(안녕, 엄마, 보셨죠, 이제 저 거짓말 안 해요!) 스타일리스트도 아니고 패션 잡지 기자도 아니에요. 세탁소를 운영하죠. 이렇게 말하니 매력이 확 떨어지죠? 하지만 엄마의 직업도 결코 하찮은 게 아니에요. 엄마는 타인의 옷을 '세탁'만 하는 게 아니에요. 옷을 '되살리죠'. 웨딩드레스, 약혼식 드레스, 혹은 첫 직장 면접 때 입었던 '행운의' 외투를 구해내죠. 엄마도 제가 짐작도 못 했던 일화들을 얘기해주었어요. 어떤 면에서 엄마는 옷을 다시 살려서 옷 주인에게 미소를 돌려주는 마법사이고, 착한 요정이지요. 손님들은 엄마를 신뢰하고 자신들이 범한 실수를 엄마가 바로잡아줄 거라고 믿어요.(엄마는 아끼는 옷에 생긴 포도주 자국을 지우기 위해 몇 시간이고 천을 살살 문지르기도 하지요.) 저는 엄마의 직업을 이런 관점으로는 생각해보지 못했는데 얘기를 듣고 보니 정말 생각보다 훨씬 멋지더라고요! 여러분도 이해하셨겠지만 엄마도 자신의 직업을 사랑한답니다.

저는 제 삶과 부모님의 삶이 무미건조하다고 생각했는데, 무미건조한 건 삶을 바라보고 저를 바라보는 제 눈길이었어요. 저는 부모님을 부끄러워했어요. 그런데 부모님이야말로 저의 거짓말과 행동이 부끄러우셨을 겁니다.

어쨌든 오늘 저는 부끄럽습니다.

이렇게 모든 걸 털어놓으면서 저는 '신느'가 어디로 갔는지 궁금해했을 제롬 릴리에 팀께 사과드립니다. 저는 패션쇼에 가려고 시도했는데 갈 수가 없었어요.(너무 긴 얘기라 생략할게요.) 초대해주셔서 저는 정말 감동했어요. 비록 그 초대가 실제 저(져 레아)를 향한 것이 아니었을지라도 말이에요. 여러분은 저를 꿈꾸게 해주셨고, 여러분의 작업에 대한 제 감탄은 진심이었어요.

패션에 관해 제가 얘기한 모든 건 사실이에요. 저는 패션에 열정이 있고, 언젠가는 패션을 제 직업으로 삼을 수 있길 희망해요! 그리고 제 일은 이미 시작되었다고 할 수도 있겠네요. '미미의 튜토' 덕에!(혹시 아시나요? 아빠, 엄마, 이건 이따 설명할게요.)

거짓말한 데 대해 모두에게 용서를 구합니다! 시작은 진심이었다는 점만은 알아주세요. 제가 여러분을 존중하지 않았다고 생각하신다면 정말 죄송합니다. 부디 저를 용서해주세요. 그리고 어떤 방식으로든 웹이나 다른 곳에서 다시 만나게 되길 바랍니다!(당장 웹에서 만나지는 못해요. 적어도 한 달 동안은 컴퓨터 사용 금지라서요!)

그런데 제가 신느가 아니라면 누굴까요? 이제 저를 소개할 때가 된 것 같네요.

제 이름은 레아예요. 열다섯 살이고 아장에 살아요.(네네, 자두의 고장 맞고요. 완벽하진 않지요!) 저는 정말 패션에 관심이 많아요. 그리고 제겐 세상에서 가장 멋진 부모님이 있지요!

마리옹 안녕 레아. 너를 알게 되어 정말 기뻐! 브라보, 너의 솔직함에 박수를 보내! 너한테 하나 고백할게. 난 '신느'의 블로그를 많이 좋아했지만, 신느가 살짝 '공주병'이라고 생각했지... 네가 훨씬 더 호감이 가! 그러고 보니 너랑 나 (레아와 나 말이야! ㅋㅋ)는 그리 다르지 않네!

릴리 레아. 네가 한 짓이 형편없는 짓이라는 거, 말해도 되겠지! 이제 와서 진심을 말한다고? 지금 장난하나? 정말 비양심적이지 않고서야 어떻게 그렇게 오랫동안 거짓말을 할 수 있겠어! 넌 우리를 갖고 놀았어! 정말이지 네 장난에 놀아난 바보가 된 느낌이야! 게다가 네 이름이 정말 레아인지 아장에 사는지는 또 어찌 알겠어?

로리 헐. 대박! 완전 속았잖아! 정말 상상력 쩌네! 계속 글 쓰셔야겠어;)

마린 안녕 레아, 너의 마지막 메시지에 많이 감동 먹었어. 나도 너처럼 지방인 디종(겨자의 고장!)에 살고, 패션계에서 일하길 꿈꿔! 너희 부모님 정말 호감 간다. 나도 우리 부모님과 그렇게 자유롭게 말할 수 있으면 얼마나 좋을까... 뽀뽀를 전해!(조심해, 겨자 때문에 좀 톡 쏠 거야! ㅋㅋ)

237

엘리오트 안녕 레아, 지난번엔 네가 '일어난 일'에 대해 나한테 얘기했을 때는 너한테 무슨 말을 해야 할지 모르겠더라. 네가 한 행동은 용기 있는 행동이야. 내가 블로그를 처음부터 다 보지는 않았지만 네가 무슨 말을 하려고 한 건지 이제 좀 더 이해했어... 너도 우리랑 언제 한번 스케이트보드를 타봐. 이것도 재미난 일이라는 걸 알게 될 거야! 그리고 우리가 서로를 좀 더 알게 될 기회도 될 테고...

제롬 뤼리에 스태프 안녕 레아, 네 메시지, 특히 네 고백에 제롬 뤼리에 팀 모두가 감동했어. 패션에 대한 사랑만 있다면 못 할 게 뭐 있겠어? 네 부모님만 허락하신다면 몇 달 뒤에 열릴 다음 시즌 패션쇼에 너를 초대하고 싶어. 와준다면 무척 기쁘겠어. 그때쯤이면 아마 네 벌도 끝나겠지;) 계속 전진하길! 그리고 패션은 어디에나 있다는 걸 잊지 마. 파리, 밀라노, 뉴욕 그리고 아장에도! 패션은 한 도시나 주소를 뛰어넘는 거야. 일종의 정신이지! 네가 네 꿈을 포기하지 않기를 바라며 우리 팀 모두의 인사를 전해!♥

얀 이런. 거짓말쟁이;)

소피 알겠네! 왜 경품 당첨이 안 됐던 건지 이제 이해가 되네! 형편없어! 너 우리를 정말 호구로 알았구나...

오스카 이런 말 굳이 할 필요 없었는데 모든 진실을 꼭 말해야 할까;)

레이아 난 슬퍼. 신느를 얼마나 좋아했는데! 절친을 잃은 기분이야...

클라라 레아, 사람들의 순진한 마음을 갖고 놀다니 부끄러운 줄 알아야지. 이 일이 너한테, 그리고 우리한테도 교훈이 되길!

마르고 안녕 레아, 나도 너와 비슷해. 패션을 좋아하지. 그런데 사람들이 너를 조롱하는 건 별로 보기 좋지가 않네! 네가 괜찮은 애 같아서 나는 용서할게! 안녕.

사라 안녕 레아, 네 마지막 글은 아주 감동적이었어. 너 정말 괜찮은 애 같아! 우리 계속 연락하고 지내지 않을래? 이런 말 하면 좀 바보 같겠지만 나한텐 신느가 조금은 친구 같아... 편지 주고받을 수 있을까? 나는 낭트에 살고, 중3이야! 안녕.

로르 내 딸, 네가 무척 대견하단다. 모든 걸 털어놓겠다는 네 생각이 옳았어. 그런데 미미의 튜토 얘긴 뭐지? 블로그는 이제 하지 않기로 했잖니!!

에릭 내 딸, 나도 네가 자랑스럽구나! 네가 나한테 한 가지 아이디어를 주었어. 나도 바다 세계에 관한 블로그를 하나 열까 해! 나한테 조언 좀 해주겠니? 네 아빠가 인터넷을 시작할 때인 것 같아! 뽀뽀.

사빈 레아, 나는 분노와 감탄 사이를 오가고 있어!!! 한 가지 확실한 건 너한테는 정말 쿨한 가족이 있다는 것! 아 참! 신느한테 인사 전해줘.

내 마음에 새끼 고양이

초판 1쇄 펴냄 2020년 4월 20일
초판 2쇄 펴냄 2021년 5월 11일

지은이 소피 드 빌누아지   **옮긴이** 백선희

펴낸이 박종암   **펴낸곳** 도서출판 르네상스
출판등록 제2020-000003호
주소 전남 구례군 구례읍 학교길 106, 201호
전화 061-783-2751   **팩스** 031-629-5347   **전자우편** rene411@naver.com
편집 김태희   **디자인** 아르떼203
함께하는 곳 이피에스, 두성피앤엘, 월드페이퍼, 도서유통 천리마

ISBN 978-89-90828-94-1 43860